桜おこわ

料理人季蔵捕物控

和田はつ子

時代小説文庫

角川春樹事務所

目次

第一話　桜おこわ

一

桜の時季が近づくと江戸の空は仄《ほの》かな曙《あけぼの》色に白む。

日本橋は木原店《きはらだな》にある塩梅屋《あんばいや》の主《あるじ》季蔵《としぞう》は、朝早くから仕込みと花見料理の試作に忙しい。

塩梅屋の客たちを招いて花見をしようと言いだしたのは、北町奉行烏谷椋十郎《からすだにりょうじゅうろう》で、

「桃源郷を想《おも》わせる桜の下で、酒や料理を楽しんで一つ、心地よい憂さ晴らしをしたいものだ。もちろん、そこには瑠璃《るり》も連れて行く」

ごくりと喉《のど》を鳴らしつつ季蔵の急所を突いた。

季蔵の想い人である瑠璃は、烏谷の内妻で元芸者のお涼《りょう》の家で暮らしている。

瑠璃の過去は悲惨だった。

主家の息子に横恋慕され、許婚《いいなずけ》だった季蔵と引き離されて、強引に側室にされただけではない。夫と舅《しゅうと》の殺し合いという凄惨《せいさん》な場面に遭遇してしまったのである。

しかもそこには、かつては武士で、堀田季之助《ほったとしのすけ》と名乗っていた季蔵が、料理人の姿で居

合わせていた。

以来、瑠璃は長きにわたり、現実に背を向けて自分の心の中だけに閉じこもる、心の病を患っているのだった。

その瑠璃に、季蔵への想いを花に託して口にするなど、薄紙を剝《は》がすようなもどかしさではあったが、僅《わず》かずつ、恢復《かいふく》の兆しが見てとれるようになっていた。

――一度は諦《あきら》めた、瑠璃と一緒に歩む将来がこの先あるのでは?――

季蔵の心にも強い希望が芽生えている。

夫婦《めおと》になり、喜怒哀楽を共にして市井に生きる自分たちの姿が時折頭を掠《かす》める。

至福の想像だった。

――でも、あまり欲張りすぎると――

かつては何度も、瑠璃の枕元《まくらもと》に座って、命の火が尽きかけようとしている、最愛の女《ひと》の様子を夢に見たものであった。

――人の命は逝く前に輝くとも言われているし――

季蔵はああと深いため息をついたが、出来上がったいなり寿司《ずし》に、木の芽(山椒《さんしょう》の若葉)を載せる菜箸《さいばし》の動きは止まっていなかった。

花見弁当を作れと命じてきた烏谷は、

「熟柿《ずくし》、煎《い》り酒は言うに及ばず、黒鯛《くろだい》や夏おにぎり等も、安く出来て美味《うま》いと人気が出て、今や塩梅屋は市中の食通たちの注目の的だ。美味いものを食べ尽くしている食通たちが鐘や太鼓で騒げば、江戸っ子たちもこれに続く。引き続く物価高で難儀している町人たちに、桜の眼福だけではなく、舌の口福も味わわせてやりたい。是非とも、おざなりでないものを頼むぞ。ただし、金がかかっては困る」

なかなかむずかしい注文をつけてきた。

そこで季蔵は塩漬けにした桜の葉と、木の芽を用いた料理を作ることにしたのである。

重箱の中身は以下のように決めた。

いなり寿司　木の芽載せ
桜おこわ
筍《たけのこ》と木の芽の合わせ煮
桜の葉、木の芽、タラの芽等の揚げ物
木の芽味噌《みそ》風味の豆腐田楽
鰆《さわら》の木の芽味噌漬け焼き
小鯵《こあじ》の揚げ漬け　木の芽油だれかけ
木の芽風味の蛤《はまぐり》
桜餅《さくらもち》

これを烏谷に見せると、

「桜や山椒の木がある家は柿や梅の木ほどではないが多い。桜の葉は塩漬けにしているだろうし、木の芽は今時分から葉が落ちるまで摘んで使える。よかろう、これなら金をあまりかけずに旬が楽しめる。だが、これだけでは少々華がない。客一人一人に花見ならではの土産を渡したい。もちろん、金はそうかけられぬのだが——」

声を低めた。

「ならば竹皮に包んだ木の芽味噌はいかがでしょう?」

季蔵は迷わずに提案した。

木の芽味噌は日持ちがする上、当たる木の芽の量を加減すれば自在に香りの強弱がつけられる。

鰆等の魚の漬け込みには味噌の甘味を控えて木の芽の量を増やして濃いめに、田楽に塗る際には、砂糖で甘味をつけた味噌が豆腐や生麩《なまふ》の繊細な風味を台無しにしないよう、木の芽を減らしてもかまわない。

季蔵の話を聞いた烏谷は、

「今時分ならではの重宝な土産よな。味噌がそれほど高くないのも有り難い。よし、漬け込み用と田楽用、二種の木の芽味噌を土産にするとしよう」

小膝《こひざ》を叩《たた》いて決定した。

「しかし、漬け込み用ともなると結構な量ですし、比べると少量でいいとはいえ、田楽の分も加わりますと、とても塩梅屋《うちやま》の庭の山椒ではまかないきれません」

季蔵が困惑すると、

「理由《わけ》を話して、客たちの庭にある山椒の葉を集めればよい。お涼のところにも、ここのよりも大きな山椒の木があるぞ、しかし、それでもまだ足りぬかな？」

「それはお奉行様がお招きになるお客様の数にもよります」

「そうだ、いいところを思いついた!! そこの主にさえ声をかければ、江戸中漏れなく行き渡るほどの木の芽味噌が作れるはずだ」

両手を打ち合わせた烏谷が、わははと愉快そうに笑い、こうして大がかりな木の芽味噌作りが始まったのであった。

「ただいま」

油障子が開いて大きな背負い籠《かご》を背負った三吉《さんきち》が戻ってきた。

背負い籠の中身は山椒の葉で満ちていて、山椒ならではの清々《すがすが》しい芳香が店の中に溢《あふ》れた。

「ったく、山椒泥棒でもしてきたような冷や汗もんだったよ」

背負い籠を下ろし、

「ご苦労だった」

季蔵の差し出した湯呑《ゆの》みの砂糖水を一気に飲み干し、ふうとため息をついた三吉の形《なり》が常とは違っている。

小袖《こそで》が糊《のり》でぴんと張っているだけではなく、真っ白な鼻緒の下駄は真新しかった。

「北尾《きたお》様のアゲハ屋敷に伺うんだって言ったら、〝それは大変だ〟っておっかあが胆を潰《つぶ》して、あれこれ調えてくれたんだけど、着慣れない、履き慣れないんでよけい緊張しちゃった――」

烏谷が思いついたいいところとは、八坂《やさか》藩当主北尾周防守正良《すおうのかみまさなが》の江戸下屋敷に茂っている、山椒の垣根のことであった。

烏谷は、老中を務めたことのある周防守正良と長いつきあいがあり、アゲハ屋敷に招かれたこともあって山椒の木の宝庫だと知っていたのである。

ちなみに八坂藩の下屋敷がアゲハ屋敷と呼ばれているのは、ここの垣根は山椒を食草とするアゲハ蝶《ちょう》の産卵場所でもあり、春から夏にかけては日々、羽化した何匹もの色形の美しいアゲハ蝶が、屋敷の塀から空へと飛び立って行く様子が見受けられるからであった。

「アゲハ番っていうお役目まであってさ、その人が黄色い卵が載ってる山椒の葉は採っちゃいけないっていうもんだから、葉の裏までよくよく確かめて山椒を採らなきゃなんなかったんだよ。ところがこの時季、卵が結構多くて――。卵の付いてるのをうっかり、採っちゃって、後で調べられて、ばっさりってことになったらたまんないから――」

聞いていた季蔵は、

――励みになると思って任せたが、これは思いのほか、気の張り過ぎる役目だったようだ――

「腹が空《す》いたろう？　好きなだけ食べていいぞ」

労《ねぎら》う言葉を口にして、すでに作り置いてある、木の芽を載せたいなり寿司を勧めた。

「いただきまあーす。きょうはおき玖《く》お嬢さん、いや伊沢《いざわ》の旦那《だんな》のご新造さんが来ないから、おいら一人で食べていいんだよね」

三吉は木の芽の風味が食欲をそそる、いなり寿司の山へと手を伸ばした。

日頃は七ツ（午後四時頃）まで塩梅屋を手伝っているおき玖は、組屋敷内の不幸があった家の手伝いをしなくてはならないというので、今日は休みである。

一つ、また一つと平らげていく三吉の様子に微笑《ほほえ》みながら、季蔵は仕入れたばかりの烏《い》賊《か》を木の芽味噌でさっと和《あ》えてみた。

ここでの木の芽味噌には白味噌が使われる。当たり鉢に木の芽適量を入れ、白味噌、砂糖、酒、味醂《みりん》を少しずつ加えながら当たる。

烏賊の方は皮を剝《む》きワタを出した後、サイコロ型に切り揃《そろ》えてさっと茹《ゆ》でる。これを白味噌使いの木の芽味噌で和えて仕上げる。

「腹が落ち着いたところでこれも食べてごらん」

季蔵は小鉢に作った烏賊の木の芽味噌和えを三吉の前に差し出した。

「いつもの木の芽和えだよね」

箸をつけた三吉は、

「烏賊が筍だったりすることもあるけど、塩梅屋の春の味だな、色も綺麗《きれい》だし――」

烏賊の白さと木の芽味噌の緑色に見惚《みと》れ、

「ああ、でも、この籠一杯の木の芽を白味噌や砂糖なんかと一緒に当たるとなると、すっごく大きな当たり鉢が要るかな？　もしかして臼《うす》より大きいのじゃないと――。大丈夫、何でも貸してくれる損料屋を何軒か回ればきっとあるよ、おいらに任しといて」

箸を手にしていない方の手で握り拳《こぶし》を作って見せた。

二

「その必要はない」

季蔵は言い切って、花見弁当に使い、客たちへの土産にもする木の芽味噌作りを始めた。

「へえ、白味噌じゃなくて、赤味噌なんだ。なるほど、それで――」

三吉は季蔵がつい最近、味噌屋から白味噌ではなく赤味噌を一樽《たる》仕入れたのを不審に思っていたのだった。

「竈《かまど》に一番大きな平鍋《ひらなべ》をかけて湯を沸かしてくれ」

「合点」

応《こた》えはしたが、三吉には季蔵が次に何をするつもりか見当がつかなかった。

「こいつだよ、手が空いたら手伝え」

季蔵は、よく洗った木の芽の水を切ると、指で素早く細かな葉を軸から外していく。

平鍋がしゅんしゅんと湯の沸く音をさせ始めた。

「盥《たらい》に井戸水を汲《く》んできてくれ」

三吉に命じて水を用意させると、季蔵は湯が沸きあがっている平鍋の中へ、大きな目笊《めざる》一杯の木の芽の葉を投じると、一つ、二つと数えてすぐ引き上げ、盥の水の中に放った。

ここでも一つ、二つと数えてさっと目笊に取る。

「これを刻んで当たってくれ。一度に全部当たることはない」

三吉が木の芽の葉の約半分を当たり終えたところで、季蔵は練り味噌作りに入った。

まずは味噌を鉢に入れ、竹篦《たけべら》を使い、合わせる酒の半量を少しずつ混ぜてゆるめておく。

熱した平たい鉄鍋の火をいったん止めて、鍋底の中ほどに分量の砂糖を置き、残りの酒を注ぐ。混ぜたりせずに、そっと染みていくように入れる。

完全に染みたら、とろ火にかける。

泡だって飴《あめ》状になってきたら焦がさないように気をつけながら、酒でゆるめて伸ばしておいた赤味噌と合わせる。

竹篦を使いつつ、とろ火で根気よく練り上げていく。

季蔵は何度かこの作業を繰り返して、田楽等に最適の甘味の強いものと、そうでない味噌漬け用等との二種の練り味噌を仕上げた。

練り味噌が人肌ほどに冷めたところで、田楽用のには当たった木の芽を控え目に加え、味噌漬け用には多目に混ぜ合わせる。こうして、土産用の二種類が出来上がった。

鰆はすでに仕入れて切り身にしてある。

これをたっぷりの味噌漬け用の木の芽味噌に漬け込んだ後、水気を切って短冊型に切り揃えた豆腐に田楽用を塗り、串《くし》を刺して七輪に渡した丸網で焼き目がつくまで炙《あぶ》る。

この木の芽味噌風味の豆腐田楽の焼き上がりはちょうど八ツ刻《どき》（午後二時頃）で、

「わーい、おやつだ、おやつだ」

三吉は飛び上がって喜んだ。

「まるで田楽法師だな」

季蔵はまた微笑んだ。

田楽とは、豆腐を串に刺した様子が、一本の竹馬のような高足《たかあし》に乗り、飛び跳ねて、田楽踊りをする田楽法師の姿に似ていることから名付けられたのだという。

三吉はおやつの田楽をぺろりと平らげたところで、

「おいら、木の芽味噌って、白味噌っきゃないって思ってたけど、コクのある赤味噌もなかなか美味《おい》しいんだね。でも、馴染《なじ》みのある白味噌の木の芽味噌のも食べたい。当然、白味噌のもお重に詰める料理のどれかには使うんでしょ？」

まだ、当たり鉢に残されている、自分が当たった木の芽をちらちらと見て季蔵に訊《き》いてきた。

「今回は使わないつもりだ」

「ええっ？　だってえ――」

三吉の目は当たり鉢の底に貼《は》りついたままになった。

「どうして、木の芽をすぐに湯から引き上げて、水に放つかはわかるか？」

季蔵の問いに、

「お浸しなんかと一緒で色止めだよね」

すらすらと応えた三吉は、出来上がっている赤味噌使いの木の芽味噌を見つめて、

「だけど、これって赤を通り越して黒い。あんまり綺麗じゃないなあ」

不満を洩《も》らした。

「実は答えは、色止めではなく香り止めなんだ。熱に当たりすぎてしまうと、香りが外に出て薄くなってしまう」

季蔵が明かすと、

「香りが一番で色の方は最初《はな》っから諦めてるってこと?」

三吉は首をかしげた。

「木の芽は味噌と合わせると、綺麗な緑色を保てないのさ。白味噌でも同じだ」

「でも、さっきの烏賊と木の芽の和え物は緑が綺麗だったよ。前に食べた茹で筍との和え物だって、笹の葉みたいにすがすがしい色でさ、まさに今時分の新緑の色だよ――」

「それは色が変わる前に食べたからだ。繊細な白味噌使いで、木の芽の色と香りの両方を楽しむのは時との勝負なんだ」

「それで、その手の和え物はお客さんの目の前で作って、すぐに食べてもらうんだね。たしかに黒く汚れてるようにしか見えない烏賊や筍なんてあんまりだ。ああ、けど、この木の芽の色、何とか長く残せないもんかな。時季の見た目も料理のうちっていうし――」

三吉は当たり鉢に残っている木の芽から目を離せないでいる。

「そう思うのはおまえだけじゃない」

季蔵は当たり鉢の前に立った。

「それでちょいと工夫してみたくなった」

木の芽と買い置きしてあった松の実適量を当たり鉢にぱらぱらと落とし、塩少々と梅風味の煎り酒を隠し味にして、当たり棒でしっかりと当たると、菜種油適量を加えてなめらかに仕上げ、小さな瓶《かめ》に保存した。

「こうしておくと、松の実や菜種油の油分のおかげで、かなり長く木の芽の色を持たせることができる」

「木の芽油だれか――。でも、それに味噌が入ってないとすると、どんな味か、見当もつかない。どうしたのかな？ おいら、また腹が減ってきた」

舌なめずりした三吉が試作をねだった。

「それでは、今晩のための料理を一つ、二つ披露するとするか」

苦笑した季蔵は仕込みの食材が載っている、布巾《ふきん》が被《かぶ》された笊へと手を伸ばした。

布巾が取り除けられた目笊《の》には小鰺が並んでいる。

今朝、船頭をしている豪助《ごうすけ》が届けてきたばかりの小鰺は、ぜいごと鱗《うろこ》が取られ、喉の部分が三角に切り取られて、内臓と鰓《えら》が取り除かれ、よく洗われて完全に下処理が終わっている。

「とうとう小鯵までお客さんに？　おいら、脂の乗った鯵の塩焼きまでがぎりぎりかなって思ってた――」

三吉は情けなくてならないといった顔をした。

時季を問わず大量に獲《と》れる鯵や鰯《いわし》は、下魚と言われる安価な食材で、塩梅屋では旬の頃に限って多用している。

脂の乗りの悪い小ぶりな鯵まで客に供する羽目になったのは、烏谷が案じているように物価が高騰してきていて、高級魚の鯛《たい》ばかりか、黒鯛や平目、太った鯵までもが高嶺《たかね》の花になりつつあるからであった。

「まあ、そうこいつらを見くびるなよ」

季蔵は小鯵の水気を拭《ふ》き取り、塩と挽《ひ》き立ての胡椒《こしょう》を振りかけると、茶こしで丹念に薄く小麦粉をまぶした。

「酒と酢を等分に小鍋に入れて煮詰めてくれ」

三吉に命じると、季蔵は揚げ油を用意した。

中温に熱した菜種油で小麦粉をまぶした小鯵を揚げていく。

まずは百八十数えて引き上げて休ませた後、やや高めの揚げ油にもう一度入れて、二度揚げする。

油を切って皿に並べ、三吉に作らせた酒と酢を煮詰めたたれをかけまわす。

三百ほど数えて、粗熱がとんだところに、木の芽油だれを、頭から尾までを背から腹に広げるようにしてかけ、味をなじませる。

「ほんとだ、凄《すご》く色が綺麗だ。あ、いいこと思いついた」

山椒の木のある裏庭へと走った三吉は木の芽を摘み取ってきた。

「これをここにと――」

三吉は小鰺の載った皿に軸付きの木の芽をそっと添えた。

「清々しい眺めできっと、お客様方も喜ばれることだろう」

季蔵が褒めて、

「さあ、これも食べてみろ」

箸を握らせたが、

「見た目は綺麗なんだけど――」

三吉は皿に箸を伸ばさず、

「それ尾頭付きでしょ？　おいら、苦くて臭い目刺しの頭なんかの魚の頭は苦手なんだよ、何だか目が怖いし――」

すっかり怖《お》じ気《け》づいている。

「そうか、それならわたしが先に食べるぞ」

季蔵は箸を手にして、木の芽油だれがたっぷりとかかった揚げ小鰺を頭から頬張《ほおば》った。

「美味いぞ、これは上質な揚げ煎餅《せんべい》よりもきっと美味い」

季蔵はカリカリと口の中を鳴らした。

三

「いい音だね」

釣られて三吉は季蔵に倣《なら》った。

「どうだ？」

「ほんとだ。からっと揚がってる骨や皮が身より美味いっ!!」

感嘆した三吉は二尾、三尾と木の芽油だれをかけた小鯵の揚げ漬けを口に運んだ。

最後の一尾に箸を伸ばしかけた時、

「ちょっと待ってくださいな」

油障子が開いて、廻船《かいせん》問屋長崎屋《ながさきや》の主五平《ごへい》が中へと入ってきた。少々衿《えり》を抜いて帯をやや下に結ぶなどして、深緑色の大島紬《おおしまつむぎ》の小袖と羽織を粋に着こなしている。

「ご無沙汰《ぶさた》していました」

五平は挨拶《あいさつ》の言葉もそこそこに、

「ったく、危ないところでした」

三吉が平らげてしまうはずだった小鯵の揚げ漬けを指で摘《つま》んだ。

「いえ、なに、戸口に立つと、油と木の芽のこの世のものとは思えない、いい匂《にお》いがしたものですから――」

時々ほうとため息をつきながら、カリコリと一尾を優雅に食した後、

「ご馳走様《ちそうさま》でした。音も美味さのうちですね。昼餉《ひるげ》は済ませてきたというのに、これは絶対、食べ逃してはいけないと、何かもう、矢も楯《たて》もたまらず、つい意地汚く頂戴《ちょうだい》してしまいまして――」

唖然《あぜん》と目を瞠《みは》っている三吉に詫《わ》びた。

「ご用でおいででしょう?」

季蔵は訊いた。

市中で指折りの廻船問屋である長崎屋の主は常に多忙であった。

「塩梅屋さんの賄い狙《ねら》いですよ。夢で戸口に立っていました。夢の中でもいい匂いがしたんですよ」

五平は絶妙な軽口を叩いた。

五平の着こなしや身のこなし、軽口がすっきりと粋なのは、元は二つ目にまで昇進した噺家松《はなしかしょうふうていたますけ》 風亭玉輔だったからである。

塩梅屋や季蔵と知り合ったのはその頃のことで、得意な噺は〝酢豆腐〟であった。これは世間知らずで食通を自負する大店《おおだな》の若旦那が、長屋住まいの友達たちに、腐った豆腐を珍味と偽られて食べさせられ、感心までさせられる滑稽噺《こっけいばなし》である。

父亡き後、家業を継いだ五平は、自宅で噺の会を催すなどして、趣味で噺を続けていて、得意な題目はやはり食べ物絡みが多かった。季蔵はこの噺の会を盛り上げるために、五平が題目に掲げる素材を使った料理を作って協力したこともあった。

その他にも、五平は人前での挨拶を頼まれると、肩の張る退屈な挨拶の代わりに自作の噺を披露することも少なくなかった。そんな時にも五平は塩梅屋と季蔵を訪れる。噺の案に窮すると、得意な食べ物についてのネタを季蔵から仕入れて、噺に料理する術《すべ》を心得ていたからであった。

「そこまでおっしゃっていただけるなら、あと一つばかり、お口汚しをさしあげなくてはなりませんね」

季蔵は木の芽油だれを使ったもう一つの料理に取りかかった。

まずは深めの大鍋に湯を沸かして素麺《そうめん》を茹でる。

これを笊にとってさっと水を通し、たっぷりの木の芽油だれとよく混ぜ合わせて皿に盛りつけて供する。

「塩加減は好みで加減してください」

季蔵は梅風味の煎り酒の入った小瓶を添えた。

箸を手にした五平は、

「素麺が仄かにまだ温かくて木の芽の香りが強烈です。さっきのに続いて、丸ごと食べた春に元気をもらったような気がします。今回、煎り酒はこのたれに入っている分だけで充分、遠慮しておきましょう」

やはりまた、ゆっくりと美しい所作で木の芽油素麺を完食すると、

「花見の気分で食べてみました。ただし、これは素麺なので、時が経《た》つと固まって麺が解《ほど》

けにくくなってしまう。お重には入れられないでしょう? こうして、わたしだけいい思いをしたのは気が引けます」

季蔵に向けて小首をかしげて見せた。

「お奉行様が開かれる花見のことをお聞きになったのですね」

「ええ。塩梅屋に花見の馳走を頼んだので、厳しい時節柄、手伝ってやってほしいという文をいただきました」

「それでわざわざ?」

「他ならない塩梅屋さんのことですので。何かわたしに出来ることはありませんか? 幸い廻船が生業なので、市中では手に入りにくい食材なども手に入れることができます。遠慮なく何なりとおっしゃってください」

五平は積荷である干した鮑《あわび》や海鼠《なまこ》等まで挙げてくれたが、季蔵は今回、市中の誰もが入手可能な木の芽や桜の葉で花見の宴に華を添えたいと告げた。

「それでは酒はわたしが出させていただきます。うちの蔵にはまだ新酒が残っておりますので。酒なら邪魔にはなりますまい」

五平は微笑みながら言い切った。

初冬に上方《かみがた》から船荷で届く灘《なだ》、伏見《ふしみ》の新酒は、類稀《たぐいまれ》なる銘酒として飲み助の江戸っ子たちの垂涎《すいぜん》の的になっている。

ただし、この楽しみな新酒も春ともなれば品薄となり、買い求めることがむずかしくなる。

　花見に酒はつきものではあるが、烏谷の示した予算には限りがあり、値段も含めて酒の調達に頭を悩ましていた季蔵は、

「よろしいのでしょうか?」

　咄嗟《とっさ》に有り難さのあまり、頭《こうべ》を垂れていた。

「手伝えて本望ですよ」

「ありがとうございます」

　季蔵は胸の辺りがふわっと温かくなった。

「実はお奉行様からもう一件、仰せつかりました。こちらの方はうれしいやら、悩ましいやらで気が揉めます」

　五平の目が輝き始める。

「噺ですね」

「そうなんです。お奉行様はどうしても花見にちなんだ噺を演《や》るようにとおっしゃるのです」

「それは楽しみです。演目は〝花見酒〟ですか?」

　〝花見酒〟はこのような噺である。

　二人の男が、向島《むこうじま》で花見客に酒を売ってひと儲《もう》けしようと、酒を入れた酒樽を運ぶことになる。

その途中、片方の者がなけなしの金を相棒に払って酒を一杯やる。金を渡された相棒が、今度はその金を払って一杯、すると片方の者がまたその金を払ってもう一杯……。それを繰り返して、向島に着いた頃には酒樽の酒がなくなっていた。二人はすっかり酔っ払い、売上げはなけなしの金だけだった……。

「それがね、〝花見酒〟では駄目だ、花見の席にて、あるお方にご披露できる、世に二つとない、そのお方ゆかりの花見噺を創《つく》るようにと命じられました。いやはや大変です」

五平はまだ春だというのに額に冷や汗を噴き出させていた。

――これはよほど身分の高いお方が花見においでなのだ――

緊張で背筋がぴんと伸びきるのを感じた季蔵は、

「ある人とはどなたです？」

訊かずにはいられなかった。

「文には八坂藩藩主、北尾周防守正良様と書かれていました」

――庭の山椒の葉をいただいた御礼というわけか。花見の席の噺さえも政《まつりごと》に利用しようとは、さすがお奉行様だ、抜け目ない――

「お奉行様のお顔が広いのは知っていましたが、まさか、大藩の御大名までおいでになるとは――」

季蔵が絶句しかかると、

「お奉行様は周防守様の寂しさを癒《いや》してさしあげたいのだそうです。周防守様は昨年の春に、最愛の奥方様を亡くされたばかりだと伺っています。山椒を垣根に植えさせたのは、亡くなられた奥方様が、国許《くにもと》の春夏を華やかに彩るアゲハ蝶を、ことのほか愛《め》でておいででいらしたゆえだとも伺いました。いつしか、周防守様もアゲハ蝶に魅せられ、お子に恵まれなかった奥方様を思って、お二人は周防守様在府の年の春から夏にかけてのこの時季、いつもご一緒にアゲハ蝶の無事な羽化を、我が子の誕生のように、案じながら楽しみに見守っておられたのだというお話でした。それゆえ、周防守様お一人だけで、アゲハ蝶の飛び立つ様を見ている日々は、心にぽっかりと穴が開いて、さぞかしお寂しいことだろうと、お奉行様は案じておられるのです」

五平は目を伏せてしんみりと語った。

――本当にそれだけのことか？　花見の料理にと木の芽を思いついたのはわたしだが、アゲハ屋敷にまで突き進んだのはお奉行様だった――

季蔵は疑心暗鬼で、

「実は今の料理に使った木の芽油だれも含めて、花見の料理に使う山椒は全《すべ》てアゲハ屋敷のものなのです。背負い籠一杯、木の芽を頂きにあがりました」

ふと口をついて出た。

「なるほどね」

五平は両手を打ち合わせて、

「よくわかりました。お奉行様は木の芽摘みで周防守様からいただいた春の風流を、花見に招いて返礼なさるおつもりなのです。風流にかこつけて、さりげなくお慰めしようという趣向です。酒や料理、わたしの噺などは、花見という風流の道具立てなのですから、これはもう肚を据えてかかるしかありません。やっとわたしも花見噺の作りが見えてきました。わたしは耳で、季蔵さんは舌で、精一杯、御傷心の周防守様をお慰めしようではありませんか」

さらに輝きの増した目になった。

四

それから数日の間、塩梅屋には長いつきあいの知人たちが、入れ替わり立ち替わり、花見の料理を手伝いたいと言って訪れた。

烏谷が五平に送ったのと同様の文を届けていたのである。

季蔵とは湯屋で知り合い、三吉に菓子作りの助言をしてくれることもある嘉月屋《かげつや》の主嘉助《かすけ》は、心をこめて拵《こしら》える人気の桜餅を、ありったけの重箱に詰めて花見の宴に連なりたいと申し出てくれた。

四十歳を前に後添えももらわず、一心に菓子作りに励んでいる嘉助は、

「桜餅には焼き皮の生地で餡《あん》をそっと包む関東流の長命寺《ちょうめいじ》風と、つぶつぶもちもちの生地で餡をしっかりとくるむ上方流の道明寺《どうみょうじ》風があります。好みですのでどちらも売れます。嘉月屋ではこの二種類を嘉月屋流に工夫して作って売っているのですが、花見のためのお

重には道明寺風を詰めさせていただきます。焼き皮に小麦粉を使って、さらっとした口当たりの嘉月屋の長命寺風にはお茶がよく合い、糯米《もちごめ》を蒸して乾かし粗めに砕いた道明寺粉が使われる道明寺風の方は、素材が同じ米とあって酒に合うように思《い》われるからです。花見の桜餅はお茶うけではなく、肴《さかな》と見なしました。それから桜餅の謂われの桜の葉ですが、長命寺風には、向島は大川添いにある長命寺の門番が、散り積もる桜の葉に難儀した結果、その葉を塩漬けにして、搗《つ》き立ての餅をくるんで売ったのが始まりだとされる一方、道明寺風の桜の葉は食べる目的ではなく、香りを楽しむためなので厚いのだとする説がありま す。嘉月屋の道明寺風の桜餅は、食べても香りだけでも、どちらでもよい様、長命寺風同様薄い桜の葉を使っています。もっとも、塩漬けにした桜の葉の塩気が餡の甘さを引き立てるので、茶でも酒でも葉を一緒に食べた方が桜餅ならではの醍醐味《だいごみ》があるとわたしは思います」

小柄な身体《からだ》の上背を伸ばし、大きく胸を張って言い切った。

先代の塩梅屋主長次郎《ちょうじろう》の時からつきあいのある光徳寺《こうとくじ》の安徳和尚《あんとくおしょう》からは、採れ立ての筍が届けられた。

光徳寺の裏手は上質の筍が育つ竹林に臨んでいる。

安徳からの文には以下のようにあった。

茹でて料理になさる分は後日、また相当数をお届けします。その前に一度、焼き筍をお試しください。七輪にわたした丸網の上で四半刻《しはんとき》（約三十分）強、表裏を返しながら、じっくりと焼き上げますとえぐみだけが無くなって、風味が残るのです。どういうことのない料理ですが、長次郎さんの大好物でした。

安徳

季蔵様

――そういえば、とっつぁんは日記に焼き筍について、〃朝採りの筍に限るが、焼きてのものは塩だけで食べられる〃と書いていたな――

「おいら、筍ってみーんな茹でるもんだと思ってたよ」

目を丸くしている三吉を尻目に、季蔵は早速、焼き筍を試すことにした。

筍は薄い塩水に半刻（約一時間）ほど漬けて、皮にたっぷりと水分を含ませておく。穂先のすぐ下あたりから、小指の爪《つめ》ほどの深さの切り込みを入れ、そのまま根元へ向けて引く。七寸（約二十一センチ）以上の筍は穂先を斜めに切り落とす。

七輪で焼き上げる。安徳の書いてきた通りの焼き方が長次郎の日記にもあった。

〃押してみて、切り目から水気がにじむくらいになったら焼けている、あつあつのうちに、料理用にと決めてある手覆い（手袋）を嵌《は》めて皮を剝く〃と日記は続いている。

剝き終えたら俎板《まないた》に取り、穂先を切らなかった場合は、まずはここを切り落とす。縦半分に切り、下から半分強のところで横二つに切り、根元は小指の爪ほどの幅で半月に切り、穂先は縦に四等分する。

もっともこのあたりは茹で筍の処理と変わりがない。

「まずは塩で食べてみよう」

季蔵はとっておきの赤穂《あこう》の塩を小皿に取った。

「ん――」

絶句したのは、今まで、ここまで風味が濃く、さらりとした味わいの筍を口にしたことがなかったからであった。

「焼き芋」

季蔵に倣って頬張った三吉が呟《つぶや》いた。

「焼き芋?」

咄嗟に問い返すと、

「茹で筍と焼き筍の違いはさ、焼き芋と茹で唐芋だって言いたかったんだよ。おいらは唐芋が好きだから、茹で唐芋だってそこそこ美味いと思うけど、どっちか選べって言われたら、やっぱり、焼き芋の方だもん。茹で唐芋は水で茹でるから、どうしても水っぽくなっちゃう。比べて焼き芋は茹で唐芋ほどは柔らかくないけど、湯の中に逃げてない分、旨味《うまみ》と甘味がぎっしり詰まってる。たしかにこれ、塩だけでいいや。花見の筍料理もこれがいいんじゃない? こんな筍、味わったことないって、きっとみんな驚いて大喜びする」

三吉はにっと笑った。

「そうしたいのはやまやまだが、幾つものお重を作らなければならないから、花見の当日、これだけにかかっていることはできない。それにこれの美味さの秘訣《ひけつ》は朝採れだ。安徳和尚に無理を言って掘って貰うには、花見のお客さんたちの数が多すぎる」

「たしかにしばらく置いておける唐芋と筍とでは大違いだよね」

三吉は残念でならないという顔になった。

「だから、せめて、今夜おいでのお客さんには、とびっきりの筍を味わって貰おう」

「もちろん、塩だけで刺身みたいに食べる筍だよね」

三吉の念押しに季蔵は頭を横に振った。

「塩だけでも美味いのは焼きたてで温かいからだ。冷めた焼き筍から旨味を引き出すにはそれなりの工夫が要る」

こうして季蔵は、三吉が戸口に暖簾《のれん》を掛ける夕暮れ時になると、梅風味の煎り酒と山葵《わさび》を薬味に添えた焼き筍の刺身風と、花見の料理にも供する筍と木の芽の合わせ煮を拵えた。

これは鍋に張った出汁《だし》に、切り分けた筍を沈めて中火にかけ、酒を加えてふつふつしてきたら、塩を入れてさっと沸かして火を止め、鰹《かつお》風味の煎り酒で調味して味を調える。器に盛りつける時に、手の平で叩いて香りを出した木の芽をあしらう。

履物屋の隠居である喜平《きへい》から届いた、瓶一杯の塩漬けの桜の花は桜おこわに使われた。桜おこわは三吉に任せたのだが、すでに出来上がり、桜の花の匂いが店の中に立ちこめている。

「いい匂いだよね」

三吉はやや自慢げに鼻を蠢《うごめ》かした。

桜おこわはまず、といだ糯米を半刻ほど小盥の水に漬けておく。

同時に水を注いだ湯呑みに桜の花の塩漬けを入れ、水で戻して塩を抜く。

竈に火を入れて蒸籠《せいろ》を用意する。

糯米を笊に上げて水を切る。

戻した桜の花を湯呑みから取り出して水気を絞る。

桜の香りと塩気が移っている湯呑みの水を鍋に取り、塩を加えて煮立てる。

その中に糯米を入れ、杓文字《しゃもじ》で水気がなくなるまでかきまぜる。ここは鍋底が焦げないよう、充分に気をつけなければならない。

その後、蒸気の上がった蒸籠に布巾を敷き、薄桃色の糯米を広げ、蒸し上がったら、飯台に移して桜の花を散らす。

「春爛漫《らんまん》っていう感じ――」

三吉がうっとりと自分一人で仕上げた桜おこわに見惚れていると、がらりと油障子が開いて、

「おう、おう、おう――」

入ってきた喜平もまた、うれしそうに鼻をひくつかせた。

「沢山、桜の花の塩漬けをいただきました。おかげさまでこのように、春おこわを作るこ

とができます」

季蔵は深く頭を垂れた。

「満開の桜ってやつはさ、熟れていながら、楚々《そそ》とした佇《たたず》まいを無くしてない、いい女の極みみたいだろ？　そいつをおこわで食っちまおうってんだから、これはもう、こたえられないよ。今年も生きててよかった、よかった」

弾むような息づかいで笑みをこぼした喜平だったが、後ろに立っている大工の辰吉《たつきち》が、

「相変わらずくだらねえことばっかし、抜かしてやがる爺《じじい》だよ、ったく」

口をへの字に曲げて呟くと、

――ちょっとね、ちょっとあるんだよ――

季蔵に目で報《しら》せてきた。

――いつものですか？――

腕のいい職人だった喜平は、嫁の寝姿を盗み見るなどして息子に隠居させられたほどの色好みで女には一家言ある。

もう何年もここへ一緒に通ってきている辰吉の逞《たくま》しい身体つきの恋女房を、〝あれは女ではなく褞袍《どてら》だ〟と評したのが禍《わざわい》して、酒が回ると、この一言が喧嘩《けんか》の引き金になった。

五

――そうじゃあないのさ――

喜平は首を横にした。

——そうですよね——

季蔵は目で頷《うなず》いた。

喜平が重い流行風邪《はやりかぜ》を患って生死の間を彷徨《さまよ》い、二人の喧嘩の名仲裁役だった、指物師の婿《むこ》養子の勝二《かつじ》が仲間から抜けて以来、この手の喧嘩はほとんど起きなくなっていた。

——そうじゃないとすると——

季蔵は床几《しょうぎ》に座った辰吉の仏頂面をちらと眺め見た。

——おや——

瞬時に季蔵の視線に気がついた辰吉は、睨《にら》むように怒った目を据えた。

——辰吉さんが腹に据えかねている相手はわたしなのか？——

季蔵は思いきってまじまじと辰吉を見つめて、

「何か、このわたしに大事なお話があるようですね」

相手を促した。

「ある」

辰吉は大きく頷いた。

「どうか、話してください」

「わかった」

辰吉は三吉が用意した酒をぐびりと飲み干して、

「あんたの知り合いの相撲取《すもうと》りみたいなあのお奉行様がさ、俺のとこには文だけじゃなしに、足まで運んできたんだよ。そん時は恐れ多かったよ。花見を盛り上げるための頼みを聞いてくれと言われて、〝はい、はい、何でもお手伝いいたします〟って答えたさ。何とかっていう、でかい藩のお殿様も呼んだんで、ついては〝まさか、茣蓙《ござ》の上に座らせるわけにはいかない。花見の一時、桜のよく見える場所に、傾《かし》いだり、潰れたりしないにわか茶屋を大急ぎで造ってくれ〟って頼まれても、〝はい、はい〟でさ、〝手間賃は手伝いってことで無しで結構でやす〟なんて、江戸っ子らしい見栄も張った。これについちゃ、悔いてなんていねえんだ。俺としちゃあ、二日で建てたにわか茶屋で、おちえや子どもたちともども楽しめる、いい花見になることだけを祈ってた。でもこれは、勝二の奴にばったり出くわすまでのことだった」

改めて季蔵を見据えた。

「もしや、勝二さんのところへはお奉行様の文が届かなかったのでは？」

季蔵はきゅっと胸のあたりに緊張を覚えた。

「どうやら、そうらしいんだよ」

辰吉に代わって喜平が応えた。

――名だたる指物師の娘婿だった勝二さんは、三人の中でも一番若く、親方でもあった義父《おとっつあん》に急死されてしまってからというもの、減った仕事を増やそうと日夜、自分の腕を磨き続けている。お奉行様が手伝いを頼む文を勝二さんに届けなかったのは、その点への配慮あってのことのような気がする——

「庇《かば》い立てするわけではありませんが——」

季蔵が烏谷らしい、行き届いた配慮ではないかと告げると、

「そうかもしれねえけど、俺は勝二のところへも、てっきり花見や手伝いの話が届いてるんだとばかり思っちまっててさ、〝久々に三人揃って酒が飲めるよな〟なんて、馬鹿な浮かれ方をしちまったんだ。当の勝二ときたら、ちんぷんかんぷんでさ、その挙げ句が別れ際に、〝わたしに手伝うゆとりがないとお思いになられたんでしょう〟なんて微笑んで言いやがる。唇を噛《か》んで堪《こら》えてたけど、あれは絶対心《ぜってえ》で泣いてた。誰だって、貧乏が柵《さく》になって分け隔てられ、花見にさえ誘われないのは嫌なもんだぜ」

辰吉はぐびぐびと盃《さかずき》を空けて、

「お奉行様は人の心がわかってるようでわかってねえ。何でえ、殿様の機嫌ばかり取りやがって——。いっそ、夜の間に斧《おの》を持って走ってって、自分の手で仕上げたあのにわか茶屋をぶっ壊しちまいたいよ、そうすりゃ、どんなに呼びたくても殿様なぞ呼べやしねえんだから」

そこに烏谷がいるかのように酔眼を宙に据えた。

「辰吉さん、もう、そのへんでよしにしなきゃいけないよ。そもそも、季蔵さんに恨みがあるわけじゃないんだから」

宥《なだ》めた喜平は、

「それより、季蔵さんを見込んでの肝心な話があったじゃないか」

辰吉を促した。

「聞かせてください」

辰吉の目を見た。

だが、当の辰吉は変わらず宙を睨んでいる。

「もう、酔っちまったのか、仕様がないねえ。もともと強い酒じゃなし。こうなったら、わしから頼むよ、季蔵さん、お奉行様に勝二を花見に誘うよう、お願いしてくれないか？勝二一人、いや、女房子どもを入れてもたった三人のことじゃないか、この通りだよ」

喜平が深々と頭を下げた。

「承知しました」

季蔵は大きく頷いたものの、

――果たして、お奉行様が頼みを聞き届けてくださるかどうか。どんな些細《ささい》なことでも、一度これと決めた方針は変えぬお方だ――

内心は不安だった。

「あんまり、時を過ごすとせっかくの料理が美味くなくなっちまうよ」

三吉が小声で呟いて、

「このへんで料理を召し上がっていただきましょう」

季蔵は焼き筍の刺身風と、筍と木の芽の合わせ煮の載った皿小鉢を二人の前に置いた。

「ほう、焼き筍ね」

まずは薄く切り並べた刺身風に箸を伸ばした喜平は、

「採れ立ての生筍の造りは何度も食べてる。だから、驚いた。噂《うわさ》にはちらほら聞いてたが、こりゃあ、生筍の刺身よりよほど美味いや。生筍には舌に残るちょいと嫌な尖《とが》りがあるんだが、こいつは丸い、丸い、ほっと息をつきたくなるようなまろやかな味だ」

満面に喜色を浮かべて、

「辰吉さんも食べなよ。美味い焼き筍は上質の採れ立てであるだけじゃ駄目で、焼き加減がむずかしいんだ。わざわざ、朝一で筍を掘りに行って、焼くのを嫁に頼んでひどい目に遭った。とかく素人は焼きすぎるんだよ。だから、わしなんて、こんな美味い筍はもう、一生食えないかもしれない。若くない辰吉さんだって食わなきゃ損だ。勝二のことは季蔵さんが請け合ってくれたんだし、ここはこの焼き筍と同じように丸く収めないとさ——」

辰吉に箸を取るよう勧めた。

渋々、無言で箸を手にした辰吉だったが、一時たりとも箸を止めずに刺身風を平らげると、

「慣れた味の食い物でも、こんなに美味かったのかと仰天することもあるんだな」

やや和んだ目を季蔵に向けた。

次に合わせ煮に箸をつけると、二人はわざと始終、箸を止めたり、置いて酒を飲んだりした。

「だって、これでもう仕舞《しめ》えなんだろう？」

辰吉の尖りきっていた表情がほどけて常と変わらなくなった。

「だから、惜しみ惜しみ食べないとね」

喜平が相の手を入れる。

「そこまでお褒めいただくと、いよいよ何かしなければなりませんね」

季蔵は苦笑した。

「それなら勝二のことを、お奉行様に――」

念を押しかけた辰吉を、

「相手は季蔵さんだよ、そりゃあ、もうとっくにわかってくれてるはずだ。ねえ？」

遮った喜平が前のめりになって、季蔵の手元をちらちらと見て、

「季蔵流手妻が見たいもんだよ」

期待の籠《こ》もった目を向けてきた。

ちなみに手妻とは、手を稲妻の様に素早く動かす奇術である。

「それでは皆さん、お立ち会い――」

この場の流れで大道芸人の口上を真似《まね》た季蔵は、糠《ぬか》漬《づ》けの瓶の前に屈《かが》み込んだ。

思いついて、塩を少々まぶして漬けてみた一口大の焼き筍を糠床から取り出し、糠を綺麗に洗い流して小鉢に盛りつけた。

「またまた、あっと驚くお味、焼き筍の真骨頂間違いなしっ」

調子に乗って、言い添えたのは三吉であった。

——馬鹿っ——

季蔵は目で叱《しか》った。

——すいません——

三吉は項垂《うなだ》れたが、

「いいね、これも」

箸を動かした喜平はうんと大きく頷いて、

「これは筍の一番固い根元だろう？　年齢《とし》のせいでわしはここが苦手なんだが、この大きさなら食べられる。風味がよくて味がしっかりしてるんでいい肴にもなるし、憎い芸だよ」

さらにうん、うんと頭を縦に振った。

一方の辰吉は、

「実は俺は固い根元が大好きなんだ。こりこり歯に当たるのが何ともいえねえ。さっきまで焼き筍ってやつは、根元は固いんで、あっさり捨てちまうんだとばかし思ってた。しかし、まあ、こんな美味いものになってたとはな——」

隣りの小鉢にまで箸を伸ばすふりをして、

「それは困る、困る」

喜平は糠漬けの入った自分の小鉢を抱え込んだ。

六

最後のしめは桜おこわであった。

「桜の花の香りと姿がいい」

喜平が届けた桜の花の塩漬けを辰吉が褒めると、

「選《え》りすぐりの糯米のおかげだろうよ」

喜平は謙遜《けんそん》して、

「うちには大きな桜の木があって、嫁は毎年、桜の花を摘んで塩漬けにしてるんだ。ご近所の祝儀の際には必ず届けている。筍一つ満足に焼けない不出来な嫁だが、多少いいところもある」

くすぐったそうな表情になった。

二人が帰っていった後、片付けを終えた塩梅屋では、季蔵と三吉が額を寄せ合っていた。

「焼き筍と茹で筍とでは、たしかに美味さがよほど違う――」

季蔵は知らずと頬杖《ほおづえ》をついていた。

「でも、花見の筍料理は茹で筍を使うつもりなんでしょ?」

三吉も不安そうであった。

「そうしようと思っていたが、喜平さんたちの喜びようを見ていて、それではまずいような気がしてきた」

「でも、当日はいろんな料理を拵えなきゃなんないから、たしかに季蔵さんの言ってた通り、筍を焼くのまでは手が回らないと思う。何かいい案はないかな、そうだ――」

三吉は茶を淹《い》れてきた。

「うちじゃ、おっかあが行き詰まった時は、水でも茶でもいいから、まずは一息入れることだっていつも言ってるんだ」

「そうだな」

季蔵は糠床から残っている焼き筍の糠漬けを出して茶請けにした。

一切れ口に入れて、

「ほう」

思わずため息が出た。

「これは美味いぞ」

三吉にも食べるように促す。

「季蔵さんたら、おいらの知らないうちにこんなの拵えてたんだから――」

「なに、ほんの思いつきだ」

二人は今の今まで、焼き筍の糠漬けを試食していなかったのである。

「たしかにこれ、癖になりそうなほど美味しいっ。おっかあがごろごろ煮物に入れてて、あまたかってうんざりする、筍の根元と同じだなんて、到底思えないよ」

「焼き筍の刺身風や合わせ煮は当日でないと作ることができない。だが、糠漬けなら「

か前に漬けて寝かしておくことができる。よし、花見の筍料理は筍と木の芽の合わせ煮から、焼き筍の糠漬け木の芽風味に変えよう」

「木の芽の香りに拘《こだわ》って漬けるんだよね。鰆の時は木の芽味噌の中に漬け込んでたけど、筍も糠床に刻んだ木の芽を混ぜ込むの？」

「いや、筍は魚ほど強い味ではないし、焼いてアクを抜いているのだから、合わせ煮同様、糠漬けの上に叩いた葉をそっと載せて、香りを移すだけでいいだろう」

「よかった、これでおおかた段取りはついた——」

三吉は大きく胸を撫で下ろし、季蔵は安徳に向けて以下のような文をしたためた。

お届けいただいた筍でご提案いただいた通り、焼き筍を拵え、賞味いたしました。あまりの口福ゆえ、何とか花見の料理にも取り入れたいと考え、糠漬けにして木の芽の香りを移すことにいたしました。

まことにあつかましいお願いではございますが、糠漬けには仕込みが必要ですので、そちらの竹林の筍を、花見の三日前までにお願いいたします。

季蔵

安徳様

この日は昼近くに船頭の豪助が蛤を籠に入れて、やって来た。

――これもお奉行様の差し金だろうが――

「おしんがさ、お奉行様からの文を見て驚いてたよ。〝あそこまで偉い人でもわたしたちに頭を下げて頼むのね〟って。俺は〝頭を下げるのは只《ただ》だからな〟って応えた。そういう奴だよね、烏谷は――」

兄貴分として慕う季蔵が、烏谷に半ば強いられるようにして、従っていることを豪助は薄々知っていて、巨漢の奉行に対してあまりいい印象を抱いていなかった。

そんな豪助は船頭をさせておくのは惜しいたいした男前で、役者並みに若い女たちに追いかけられることさえあったのだが、ふとした弾みで関《かか》わった女丈夫のおしんとの間に子どもが出来て、所帯を持つこととなった。

今では漬け物茶屋を切り盛りするおしんの尻に敷かれながらも、家族をいの一番に考える、非の打ち所のない夫で父親であった。

「ほんとは知り合いの漁師たちに頼んで、ぽーんと桜鯛でも届けたいところなんだが、何しろ高くて――。兄貴の顔は、珍しくもねえ、こんなもんでしか立てられなくてすまねえ」

籠の中の蛤に向かって顎《あご》をしゃくった。

「そんなことはない、ありがたい。それに今時分は蛤の旬だ」

「お奉行様が寄越してきた文には、兄貴の考えた花見料理の品書きも付いてて、木の芽風味の蛤とあったもんだから、これくらいだったら俺も手伝えるって、正直ほっとしたよ。

知り合いの漁師に潮が引いた後、ざくざく蛤がとれる場所を聞いといてある。当日の朝はこれっぱかしではなく、どんと沢山届けるからね」

それだけ言うと、忙しく豪助は店を出て行った。

「さあ、試してみるぞ」

季蔵は鍋に蛤と少々の水を入れて竈にかけ、俎板の上で摘んだばかりの木の芽を微塵切《みじんぎ》りにした。

湯が沸いたところで、塩を一つかみ加えて、蛤を入れて口が開いたところで取り出し、身を素早く取り、冷ます。

茹ですぎると、旨味が湯に逃げてしまうので注意しなければならない。

ここからは三吉の仕事で、冷めた蛤を串に刺していく。

「木の芽の微塵をぱらぱらと載せろ」

季蔵の指示に三吉は従ったが、

「味はつけないの？」

残念そうに首をかしげた。

「それじゃあ、味のついている、照り焼き風蛤の串焼きの方も木の芽と合わせてみようか」

季蔵は浅い鉄鍋に水、砂糖、醬油《しょうゆ》、味醂、酒を入れて火にかけた。

煮たって泡が立ってきたところに、茹でた蛤を入れて両面を煎り付けた。仕上げにおろし生姜《しょうが》を絞って仕上げる。やはりまた木の芽をまぶすように載せた。

「味競べだ」

二人は塩茹で蛤の串通しと照り焼き風蛤の串焼きに手を伸ばした。

甘辛味が好きな三吉はすぐに濃い味付きの串焼きの方を手に取ったが、

「駄目だ、先に木の芽の香りの方を試さないと、せっかくの旬の旨味が台無しになる」

季蔵の言葉に、あわてて、塩茹で蛤の串通しを口の中へ押し込んだ。

「これ、ほんとに蛤と木の芽だけ？　嘘《うそ》だあ、まだ生きてた蛤に極上の酒を飲ませるとか、きっと、季蔵さんが何か仕掛けをしたに決まってる」

目を白黒させて抗議する三吉に、

「旬の蛤は汁に入れたり、鍋にしたりするが、一枚、一枚焼いてあつあつを食べるのが一番なんだ。ただし、花見の料理ともなるとそうもいかない。それで出来るだけ、焼き蛤に近い茹で方をして旨味が逃げないようにしたのさ。木の芽の香りがあると、冷めた時気になる、強すぎる磯の香りがそれほどでもなくなる。程よく混ざって、この上なく食欲をそそる香りになるんだ」

「なるほどねえ」

三吉は感心しながら、照り焼き風の方を頬張った。

「とはいえ、こっちだってなかなかだよ」

「ただし、蛤の旨味は今一つのはずだ」

「たしかに木の芽と甘辛味ばかりが強いや。それじゃ、やっぱり花見の蛤料理は茹でっぱなしのたれなしってことになるね」

三吉が得心したところで、

「邪魔するよ」

聞き慣れた声は岡っ引きの松次《まつじ》のものであった。

「よくよく腹が減った。もう駄目だ」

松次が倒れ込むように床几に腰を下すと、後に続いてのっそりと入って来た、北町奉行所定町廻《じようまちまわ》り同心の田端宗太郎《たばたそうたろう》は、長身痩軀《そうく》を窮屈そうに屈めて隣り合った。

「飯は炊いてから間がなく、蛤は甘辛煮だろう？　おい、まだか？」

下戸の松次が催促した。

「へい、只今」

三吉はあわてて、甘酒は松次に、湯呑みの冷や酒は田端の前へと運んだ。

「今、すぐ出来るのは塩茹で蛤の串通しか照り焼き風蛤の串焼き、共に木の芽風味なのですが——」

「ああ、それでいい。でも、どちらも花見の料理だろ？　先がけての味見も悪かねえが、いい醬油の匂いがしてた照り焼き風を頼む。他に青物とか、気の利いたもんはねえのかい？」

一人娘が遠くへ嫁に行ってから、一人暮らしを続けている松次は、時折、自分で料理さえ作る食通であった。

「小松菜とちりめんじゃこならございます。胡麻油《ごま》でさっと炒《いた》めましょうか？」

「いいね、いいよ」

満足そうに頷いた松次は、

「甘酒、もう一杯」

冷や酒を一気に飲み干した田端と共に、空の湯呑みを三吉に差し出した。

七

黙々と湯呑みを運び続ける田端は肴に箸をつけないのが常である。

心得ている季蔵は料理の皿小鉢を田端の前には並べないことにしている。

松次は塩茹で蛤の串通しを頬張って、

「こいつは身の白と木の芽の緑の色味がいい。旬と春の大盤振る舞いだね」

甘酒をぐいと飲み干した後、

「やっぱり、堪えられねえのはこっちの方だな。茶色いのはぱっとしねえが、甘辛い味が何ともいえねえ」

小松菜とちりめんじゃこの胡麻炒めと照り焼き風蛤の串焼きを交互に飯茶碗《めしぢゃわん》の上に載せて、あれよあれよという間に三杯飯を平らげた。

この間、田端は酒を飲み続けていたが、

「わしにも塩茹で蛤の串通しを」

珍しく肴をねだった。

「はい、只今」

急いで季蔵は田端のために蛤をさっと茹でて串に刺し、微塵の木の芽をまぶした。

塩茹で蛤の串通しを口に運んだ田端は、

「思った通り、これは酒に合う」

うむと頷いた。

「串焼きだってきっと合うはずですぜ」

松次の言葉に、

「合わぬとは言わぬが、酒が銘酒なら、串焼きの濃い味は酒の風味を損なう。だから、串焼きは飯の方により合うような気がする」

飲み助の一家言を洩《も》らした田端は一粒一粒、串通しの蛤の方をゆっくりと味わいつつ、湯呑みを傾け続けた。

「俺は飯と串焼きをお代わりっ。何だかさっぱり要領を得ねえ話で、むしゃくしゃして腹ばかり空いちまってね――」

松次の愚痴に、

「市中で何か、よほどの事件でも起きたのでしょうか？」

季蔵は訊かずにはいられなかった。

この二人は事件のあった場所を検分しての帰りに立ち寄ることもある。そのせいで、季蔵は事件についての話を洩れ聞くこととなり、気がついてみると、事件解決のための手伝いをしていたり、させられてしまったりしてきたのである。

烏谷の命で二人とは別に、同じ事件を追うことも稀にはあったが――。

「まあ、どうでもいい事件っていえば言えるんだけどね」

松次は鉄鍋で甘辛く仕上げられている蛤の方に鼻を蠢かしている。

「空き巣か掏摸《すり》、それとも喧嘩ですか？」

季蔵が比較的軽い罪過を挙げると、松次は黙ったままで、

「二件の人殺しだ」

やっと田端が応えた。

「二人も殺されて、どうしてどうでもいい事件なのです？」

季蔵は改めて松次と田端を眺めた。

田端は常と変わらぬ仏頂面であったが、松次は斜向きに床几に腰かけていて、隣りの田端にそっぽを向いているように見えた。

――ほう、珍しい――

二人の間に何かあったことは事実のようであった。

まだ、松次は応えようとしない。

「今日の早朝、口入屋の大津屋与五郎《おおつやよごろう》が萬年橋《まんねん》で、ごろつきの作蔵《さくぞう》が永代橋《えいたい》の上で刺され

て死んでいた。使われたのは共に匕首《あいくち》と刀の両方だった」

またしても田端が口を開いた。

「二件の殺しの下手人は同じで、数は二人か、それ以上いたということですね」

あえて松次に念を押したので、

「そうだろうね」

相手は不承不承頷いて、

「どっちも財布は見当たらなかった。食い詰め浪人による物盗《ものと》りだろうよ。どこぞで酔っぱらって帰ろうとしたところを、後を尾行《つけ》られて金だけじゃなしに命まで取られた。それだけの話じゃ、いけませんかね？」

田端の顔をやや恨めしそうに見た。

「一代で今の身代を築き上げた大津屋与五郎は、口入屋というのは表の顔で、店の乗っ取りだの、新酒や蜜柑《みかん》の帳合《ちょうあい》取引等、騙《かた》り同然の金儲《かねもう》けで太り続けていて、とかくの噂《うわさ》が絶えない奴だ。他方、遊ぶ金欲しさに相手の弱みに付け込んだり、因縁をつけては金を脅し取っているのがごろつきだ。この二人ならどんな恨みを買っていてもおかしくない。しかし、物盗りならば、大津屋与五郎とごろつきの作蔵とでは差がありすぎる。わしはこの二人の周囲を徹底的に調べるべきだと思っている」

「まあ、おっしゃることには一理ありやすよ。けど今回は、性質《たち》の悪い毒虫が二匹、片付いたんですよ。芝居や噺じゃ、喝采ものの結末なんです。もうこれ以上、止《や》むに止まれず、手を下したかもしれない相手を調べて、わざわざお縄にしなくたって——」

松次の抗議に、

「どんな殺しでも大罪で、下手人は命をもって償う、これが御定法だ。そして、お上がお決めになったその御定法を守り通すのが我らのお役目ぞ。忘れたのか？」

いきなり田端は大声を上げた。

しかし、松次は怯《ひる》まずに、

「わかってやす。ですが、旦那が今、おっしゃったのは全部、旦那の鋭い鼻が嗅《か》ぎ当てたり、心の中で思ったことでしょ。この殺しが物盗りじゃねえってえ、確たる証《あかし》はどこにあるんです？　匕首や刀が使われてて、食い詰め浪人と組んだ何人かのよってたかっての物盗りだってえ、俺の見立て方が、よほど的を射てるんじゃあねえですか？」

畳みかけ、出来たての照り焼き風蛤の串焼きを飯碗に載せると、

「茶をくれ、しめは茶漬けにする」

三吉に茶を運ばせて回し掛けると、さらさらと搔《か》き込みはじめた。

一方の田端はぐいぐいと湯呑みを二回空けた。

松次が食べ終わり、ふーとため息をついて田端が湯呑みを伏せたところで、

「骸《むくろ》は番屋ですか？」

田端と松次が同時に頷くと、

「わたしに見せてはいただけませんか？」

季蔵は思いきって切り出した。

二人がまた頷いたので、季蔵は一緒に番屋へと向かった。

季蔵の目は食材に限らず、どんなものに対しても精緻《せいち》に働くので、骸についても、二人の思い込みが禍しての見落としを、指摘することがしばしばあった。

腰高障子を開けて、三人は番屋の中へと入った。

土間には筵《むしろ》を掛けられた骸が二体並んでいる。

両手を合わせた後、屈み込んだ季蔵は二体の筵を取り除けた。

大男の作蔵は派手な太縞《ふとじま》柄の着物に、豆絞りの手拭《てぬぐ》いを首に巻き付けている。この手拭いは首筋の痣《あざ》を隠すために常に巻いていたと松次が話した。

小鼻の右に小豆大の黒子《ほくろ》のある与五郎は、大店の主らしく、最高級と思われる結城紬《ゆうきつむぎ》に羽織を合わせていた。

「金品目当ての者なら、少なくとも、大津屋さんの着物は奪い取ったはずです」

「いくらいい品でもこうも血まみれじゃあ——」

松次は首をかしげ、

「わたしが下手人なら、着物を汚さないよう、刺さずに首を絞めます」

季蔵は言い切って、

「着物を脱がさせていただきます」

裸にした骸二体の傷に目を凝らした。

「与五郎さんの傷は匕首によるものが腹部と胸に二箇所、作蔵さんの匕首の傷は腹部に三箇所もありますが、致命傷は袈裟懸《けさが》けの一太刀です。わたしは先ほど下手人は二人以上と言いましたが、匕首で致命傷を与えられない不慣れな一人と、相当の腕前の剣術使いの二人による仕業だと思います」

「剣術使いの方はもう一人の助太刀ってことかい？」

松次の言葉に、

「やれやれ、やっと物盗りではないかもしれぬと認めたか——」

田端はほっとして苦笑した。

「最後にこの着物を調べます」

季蔵は血まみれの着物の両袖に手を差し入れた。

「おや——」

作蔵の右袖から折り畳んだ紙が出てきた。

開くと以下のように書かれている。

日の恩や　忽《たちま》ちくだく　厚氷　　大高源吾《おおたかげんご》

「大高源吾っていやあ、忠臣蔵四十七士の一人でやすよね。そもそも忠臣蔵ってえのは、吉良《きら》上野介《こうずけのすけ》に辱められて殿中で刀を抜き、切腹させられた赤穂藩当主浅野《あさの》内匠頭《たくみのかみ》の仇《かたき》を取った、誰でも知ってる偉れえ話さね――」

「たしか、その句は四十七士が吉良上野介の首を討ち取って、凱旋《がいせん》した時、萬年橋で詠《よ》んだ句で、お天道様《てんとうさま》のおかげで、厚い氷もすぐ砕けて溶けるとの意味だ。主君の宿敵吉良を斃《たお》して、正しい義を貫いたという、悲願成就の喜びが込められた句でもある」

季蔵だけではなく、松次や田端も忠臣蔵や大高源吾のことをよく知っていた。

なおも二人は、

「大高源吾は江戸では町人脇屋《わきや》新兵衛《しんべえ》を名乗り、俳人としての縁から、吉良家出入りの茶人山田《やまだ》宗徧《そうへん》に入門して、あっぱれ、十二月十四日に吉良屋敷で茶会があることを突きとめてるんですぜ」

「さらに、用心深い大石《おおいし》内蔵助《くらのすけ》は、源吾の入手した情報を、上野介と親しい坊主の許《もと》に来た手紙の情報と照らし合わせて信用し、この日を討ち入りの日と決めたのだと言われている」

大高源吾が仇討ちで果たした役割の大きさを讃《たた》えた。

第二話　猫饅頭

一

「ただ、作蔵《さくぞう》みたいな奴が、百年以上も前に起きた主君の仇討ちについて意気に感じ、大高源吾の句を書き記して持っていた理由がわからない」

田端《たばた》が首をかしげると、

「絶対とは言い切れませんが、この句の文字は女の手跡のような気がします。かなり書き慣れた流麗な筆運びです」

季蔵《としぞう》は感じたままを口にした。

「たしかに――」

松次《まつじ》も句が書かれている紙をじっと見据え、

「吉良を斃して本懐を遂げた大石たち赤穂浪士は、首を掲げ持ちつつ、吉良邸近くの回向《えこう》院《いん》で休息しようとするが、関《かか》わり合いになることを恐れて断られてしまう。両国橋も十五日は大名や旗本の登城日であるとして渡るのを禁じられる。仕方なく一行は一之橋で竪川《たてかわ》を渡り、萬年橋から上の橋、中の橋、下の橋と渡って永代橋に行き着いたとされている。大津屋与五郎《おおつやよごろう》や作蔵が各々、萬年橋と永代橋で殺されたと聞いた時は、忠臣蔵のことなど考えもしなかったが、これらは偶然ではないかもしれない」

田端はうーんと唸《うな》って腕組みをした。

「それってえのは、奴らが殺されたのは忠臣蔵や四十七士と関わっての殺しだっていうんですかい？」

仰天した目になった。

「あるいはな」

田端は真顔で頷いた。

「となると、下手人は切腹させられた大石内蔵助をはじめとする、四十七士、またはお取り潰《つぶ》しになった浅野様のお血筋なんで？」

「かもしれぬ」

「でも、それじゃ、下手人探しは空に向かって、当てもなく石を投げるようなもんですよ」

「人の縁というのは異なもので、与五郎、作蔵の先祖は吉良家に出入りしていたかもわからぬし、親しくしていた者たちの中に、四十七士ゆかりの者がいなかったとも言い切れない。与五郎、作蔵はとても評判の悪い輩《やから》だ。たとえ遠縁でも四十七士を先祖と仰ぐ輩が、ある日、二人が宿敵の子孫と知ったら、忠臣蔵再びという思いで牙《きば》を剝《む》くこともあり得る。

だから、まずは殺された与五郎、作蔵の身許《みもと》と、二人が親しくしていた者たちの身許を調べるんだ」

　松次は大きく頷いて、

「今日はごちゃごちゃつまんねえことを申しまして、すいやせんでした。おかげで頭の中の霧がすっきり晴れた気分でさ」

　田端に詫《わ》びると、季蔵と一緒に番屋を出た。

　途中まで季蔵は松次と並んで歩いていく。

「凄《すご》いね、田端の旦那《だんな》は。この一件が忠臣蔵絡みだと見破ったんだから。あ、そうだった。大高源吾の句を書いた紙を見つけてくれたのはあんただっけ。季蔵さんもさすがだ」

「親分は四十七士の遠縁か、子孫がお上に代わって、天誅《てんちゅう》を仕掛けているというのですか？」

「世の中には御定法で裁けない悪事が山盛りだからね。四十七士の志を今に継ぐ天誅組ができてたって、おかしかねえだろう」

「さっきもそうでしたけど、珍しく親分は下手人贔屓《びいき》ですね」

「そんなこたあねえさ」

　突然、松次は腰の十手を引き抜いて見せて、

「これはお上からの預かりものなんだから。天誅であれ、何であれ、御定法に背く奴らは捕まえる。ただ、気持ちがわかるだけに、できることなら俺の手でお縄にしてやりたい」

しんみりと告げた。

店に戻ると、

「お邪魔しています」

南茅場町《みなみかやばちょう》の仕舞屋《しもたや》で瑠璃《るり》の世話をしてくれている、烏谷の内妻お涼《りょう》が待っていた。

「お土産にこれ、もらったんだけど、勿体《もったい》なくてまだ手をつけてない」

三吉《さんきち》が竹皮の包みを開くと、猫の顔を模《かたど》った饅頭《まんじゅう》がぎっしりと並んでいる。

「いつもすみません」

季蔵は礼を言った。

お涼は、菓子好きの三吉にと、白玉や大福、饅頭、金鍔《きんつば》、最中等、市中で売られている
さまざまな菓子を土産にしてくれることがあった。

「それにしてもよく出来てますね」

思わず季蔵は猫饅頭に見入った。

何と猫の顔は一種ではない。

鼠《ねずみ》でも狙《ねら》っている時のように耳を立て、目を見開いて狩りの表情の猫、昼寝をしている
かのような表情の猫、笑って目を細めている猫、欠伸《あくび》をしている猫と四種の猫の表情が、
饅頭に焼き鏝《ごて》をあてて付けられている。

「やってみたくなったんじゃないのか？」

三吉は菓子作り、とりわけ、嘉月屋《かげつや》の主《あるじ》から教えを受けた煉《ね》り切りが得意であった。ち

なみに、白餡《しろあん》と砂糖と求肥《ぎゅうひ》を混ぜて煉った生地をさまざまな色に染め分けて、花や時季の風物を模る生菓子が煉り切りである。

「あ、でも、こんなにすごいの見ちゃうと――」

三吉はまだ猫饅頭を見つめ続けている。

「それと関わるお話もあるんですが、こちらはまあ、後にして、まずは旦那様からの言伝《ことづて》を」

床几《しょうぎ》に腰掛けていたお涼は改めて背筋を伸ばした。やや長めの首が際立ち、元芸者だけあって、その様子は地味な紬《つむぎ》を着付けていても粋ですがすがしい。

「実はこれのことでお知らせにあがりました」

お涼は胸元から二つに畳んである、烏谷《からすだに》が書いた花見の料理の品書きを取り出して広げた。

「お願いの文と一緒に、こんな風に皆さんに――」

お涼が見せてくれた品書きの内容は季蔵が決めて、烏谷に乞われるままに紙に書いて渡したものであった。

それを烏谷は書き写し、各々に宛《あ》てた文と一緒に送り届けていたことは、豪助《ごうすけ》から聞いて知っていた。

「これはわたしが旦那様からいただいたものです」

お涼が広げた品書きには、桜の葉、木の芽、タラの芽等の揚げ物という箇所に傍線が引かれていた。

「お涼さんにまで？」

「旦那様は御自分が用意しなくてはならないものを、わたしに何とかしろと――」

「桜の葉や木の芽はまだしも、山や丘の林で育つタラの芽は、なかなか手に入れるのがむずかしいはずです」

「で、旦那様は季蔵さんとも懇意にしている良効堂《りょうこうどう》さんなら、どこへ行けば、美味しい山菜が採れるか、知っているはずだと言い出し、教えてもらってくるよう言いつけられたのです」

先代の長次郎《ちょうじろう》の時からつきあいのある、老舗の薬種問屋良効堂には、店の裏手に広大な薬草園が広がり、主は代々、薬草や青物に造詣《ぞうけい》が深かった。

「ご苦労様です」

季蔵は労《ねぎら》った。

「良効堂さんのお話では、今時分に美味《おい》しい山菜は、タラの芽以外にも、コシアブラの芽、ハリギリの芽、ハナイカダの芽とあるそうです。良効堂さんは競争が激しくて、最も手に入りにくいタラの芽とコシアブラを、古くからの知り合いに頼んで、合わせて籠《かご》一杯、何とかしてくださると約束してくだすったんです。コシアブラは独特の苦味が揚げるとたいそうおつな味で、かっこうの酒の肴《さかな》になるのだそうです。ところが食いしん坊の旦那様ときたら――」

そこでお涼はふうと大きなため息をついた。

「ハリギリ、ハナイカダ、それぞれの芽も花見の揚げ物に加えたいとおっしゃったのでは？」

「その通りです。すでに品書きの揚げ物の箇所に傍線を引いて、伊沢《いざわ》の旦那と田端の旦那にはお届けしたんだそうです。わたしは役宅をお訪ねして、この二種の摘み取りをお願いしました」

「慣れない者に、なかなか見分けがつかない山菜摘みは大変ですよ」

「幸い、田端の旦那の御新造さんで、娘岡っ引きだったお美代《みよ》さんが山菜摘みに長《た》けていました。亡くなったおとっつぁんがたいそう山菜好きで、くわしかったそうです。そこで、タラの芽に似ていても、たいそう見つけにくい上に、棘《とげ》が鋭いハリギリをお願いしました。ハリギリのアクも揚げ物にすると、タラやコシアブラにひけをとらない美味に変わるのだとか――。お美代さんに教わったのですが、山の恵みである山菜は、どれもやみくもに摘まずに、先端の芽をそっと一つだけ採るのだそうです」

「ハナイカダの方は？」

「これは林や里山の入り口にあって、不慣れな者でも大丈夫だと聞きました。葉の上に花の蕾《つぼみ》をつけているので、容易に見分けられるのだと良効堂さんから聞きました。それで、伊沢の旦那たちにお願いしました。夫婦《めおと》になって一年、まだまだ、お二人揃《そろ》っての摘み菜は楽しいはずでしょ。それにハナイカダはアクもエグ味もない、優れ物だそうですから、きっとおき玖《く》さんも蔵之進《くらのしん》様のために、あれこれと料理の腕を揮《ふる》うことができるのではないかと思って」

――お涼さんだからこそできる、なかなかの割り振りだ――

「ご苦労様でした」

重ねて季蔵は礼を言った。

「実はこれに関わって、もう一つだけ、季蔵さんに了解していただきたいことがあるんです。旦那様はあの通り、言いだしたらきかないお人で――」

お涼は冷めた茶を啜《すす》って、もう一度しゃっきりと背筋を伸ばした。

二

「お奉行様のお指図とはいえ、珍しい山菜の手配をお願いできたのです。遠慮なさらずに、どうか何なりとおっしゃってください」

季蔵は笑顔で促した。

「天茂亭《てんもてい》を覚えていますか?」

「屋台でしか商われることがなかった天麩羅《てんぷら》を、八百良《やおりょう》並みの庭木や池のある屋敷で供して、評判になった料理屋さんでしょう?」

「不運にもお内儀さんと赤子が拐《かどわ》かされて殺され、それ以来、店が傾きはじめて借金が嵩《かさ》み、とうとう人手に渡すしかなくなり、一時はたいした人気だった天茂亭は店をたたんでしまいました」

「そうでしたか。拐かしがあってからというもの、ツキが逃げるからと、客足が遠のいたとは聞いていました」

「天茂亭のご主人は、今、息子さんと長屋で二人暮らしをしています。大川の土手で天麩羅の屋台を引いて糊口《ここう》を凌《しの》いでいるとか――」

「お元気でよかった。元気でさえいれば、運は開けてくるものです」

「あら、やはり」

お涼は切れ長の目元にふっと微笑《ほほえ》みを刻んで、

「季蔵さんなら、きっと、そんな風に言うだろうと旦那様はおっしゃっていましたけど、その通りでした。旦那様は桜の葉や木の芽、タラやコシアブラ、ハリギリ、ハナイカダの揚げ物を天茂亭の主だった、茂兵衛《もへえ》さんに頼むことになさったのです。旦那様は〝沢山の人が集まる花見の場所で目を引けば、茂兵衛の運も開けるかもしれない〟とおっしゃって――。とはいえ、塩梅屋だけの仕事ではなくなるので、季蔵さんに了解してほしいとのことでした」

「天茂亭のご主人なら、揚げ物の達人ですから、願ってもない役割分担です。正直に打ち明けますと、用意しなければならない料理は数も量も多く、仕込みに手間暇のかかる料理を何とか工夫しても、まだ時が足りないかもしれないと案じていたところでした。有り難いご配慮です。お奉行様にはそのようにお伝えください」

季蔵は真顔で胸を撫《な》で下ろした。

「ああ、よかった、ほっとした」

お涼の表情は一瞬、ぱっと明るくなったが、

「ああ、でも――」

とうとう堪《こら》えきれずに三吉が口に運んだ猫饅頭を凝視して、少々、浮かない顔になった。

「珍しい饅頭ですね。こんなものが売られているとは知りませんでした」

季蔵は不安そうに寄せた眉《まゆ》の辺りを見ていた。

「一月半ほど前に、長唄《ながうた》の出稽古《でげいこ》からの帰り道、久々に西河岸《にしがし》町を通りかかった時、新しい店が出来ていて、黒山の人だかりなので立ち止まってみると、猫を模したお饅頭が売られていましてね。その時はとても買えなかったんですけど、今日は一刻(約二時間)ほど待てば順番が来て買えそうなので待ったんです」

「そのような貴重なものをありがとうございました」

季蔵は改めて礼を言ったが、

――そこまでして、お涼さんが買った猫饅頭には何か、意味があるのではないだろうか?――

訝《いぶか》しく思わずにはいられなかった。

「猫饅頭の店はにゃん饅屋という屋号で、一人で何もかもこなしている女主は、やすというわたしぐらいの年齢《とし》の女です。実は、にゃん饅屋の行列を見かけてからというもの、三

日にあげず通いました」

「お涼さんは猫がお好きでしたか？」

――猫好きならとっくに飼い猫がいるはずだが――。それとも、お涼さんは好きで飼いたいのだが、お奉行様が猫嫌いなのか？　それで四種の表情が可愛《かわい》い猫饅頭に魅せられてしまった？　だとしても、どうして、こんな話をわざわざわたしにするのだろう？――

季蔵はお涼の話の主旨がまだ摑《つか》めずにいた。

「瑠璃さんに猫饅頭を気に入っていただけないものかと思って――」

――ああ、瑠璃のためだったのか――

季蔵はやっと合点した。

「幼い頃から瑠璃のところには猫がいました。ですので、猫饅頭には大喜びするはずです」

「やはり――。猫饅頭などではなく、生きている本物の猫でないと駄目なのですね」

お涼はさっきとは異なる重いため息をついた。

「それは猫好きなら誰でもそうかと――」

季蔵が相づちを打ちかけると、

「実は瑠璃さんが野良猫を餌付《えづ》けしようとしているんです」

お涼が告げると、

「このところ、市中じゃ、猫が人気なんだよ。とにかく、今は物の値段が上がって暮らしにくいだろ。何より猫は犬より食わないし、犬は番犬になるっていうけど、知恵のある泥棒は毒餌を使ったりするし、放しとくと他人様《ひとさま》に嚙み付いて、一悶着《もんちゃく》起こすことだってある。それと、常憲院様《じょうけんいんさま》（戌《いぬ》年生まれで、人命よりも犬を優先させた五代将軍徳川綱吉）の時の悪い夢みたいな御定法を持ち出して、犬をこき下ろす猫好きも多いんだ。長屋でも飼えるから、どこそこの猫がお産したっていうと、前は困って捨ててたのに、貰《もら》い手がすぐつくそうだよ。これって、正真正銘の猫も杓子《しゃくし》もだよね。猫って触ってると温かくて気持ちいいし、色や柄も白、黒、三毛、トラ、ブチ等、それぞれ持ち味があって、中にはとびっきりの可愛い器量好しもいるから、そのうち、猫茶屋なんてえのもできるかもね」

猫好きなのか、長屋は猫で溢《あふ》れているからなのか、三吉は得意そうに講釈を垂れた。

「それがよりによってサビ猫の野良なんですよ」

お涼の顔がしかめられた。

「サビ猫の野良なんて!!」

叫んだ三吉は、

「駄目だよ、あんな小汚い色柄の猫なんて、天女みたいに綺麗《きれい》な瑠璃さんには絶対似合わないよ。その上、野良なんでしょ？　サビ猫はほとんど雌って決まってるから、また、じゃんじゃん子どもを産んじゃう。母親似なら仔猫《こねこ》は貰い手のないサビ猫。たいていは仔猫ならどんなんでも可愛いけど、サビ猫だけはご免だって、うちの長屋じゃ、誰も飼ってない」

吐き出すように言った。

三吉の言葉に頷いたお涼は、

「旦那様も三吉さんと同じようなことをおっしゃっていました。サビ猫の上に野良となると、悪い病でも持っていて、瑠璃さんに伝染《うつ》ったりするといけないとも——」

「それで案じる余り、猫饅頭をもとめ、瑠璃に見せようとなさったのですね」

「旦那様は知り合いの猫好きの家で飼われている白猫がお産を控えているので、生まれた仔猫を迎えたいと思っているようです。その白猫は市中の猫競べで大関になった美猫《びねこ》中の美猫で、父親の白猫も関脇に選ばれたとのことで、どちらも気性が穏やかで大人しく、この両親《ふたおや》の仔なら、瑠璃さんにふさわしいとおっしゃっています」

——ようは申し分のない仔猫を迎える前に、瑠璃にサビ猫の野良を諦《あきら》めさせたいのだろうが——

「猫は家に付くと言いますが、虎吉《とらきち》ときたら瑠璃さんから片時も離れようとはしないんです。餌も瑠璃さんからでないと決して食べないんですよ」

「忠義者ですね」

「ええ、まあ」

お涼は苦笑した。

「虎吉というのがその猫の名ですか？」

「雌ですし、トラ猫でもないのにおかしいんですが、瑠璃さんが、そのように呼んでいるうのだろうか？――

「なるほど」

季蔵はお涼の次の言葉を待った。

――江戸一、二の両親を持つ白猫の子を貰うよう、わたしから瑠璃に勧めるようにとい

知らずと季蔵は身構える気持ちになっていた。

――サビ猫で野良のどこが悪いのか？――

お涼や三吉に、今まで覚えたことのない溝を、この時初めて季蔵は感じた。

だが、意外にも、

「わたしたちの偽りのない本音をお話ししました。後は季蔵さん任せだと旦那様はおっしゃっています。季蔵さんなら、サビ猫の野良猫虎吉が瑠璃さんにふさわしいかどうか、見ていただければわかるはずだと――」

烏谷とお涼は季蔵に下駄を預けてきた。

三吉だけが、

「サビの野良なんてさ」

まだ呟《つぶや》いていた。

「わかりました」

季蔵は大きく頷《うなず》いて、

「瑠璃と虎吉にも会いたいので南茅場町までお送りします」

三吉に留守を頼むと、素早く身支度して、お涼と一緒に塩梅屋《あんばいや》を出た。

途中、ぽつぽつと植えられている人家や往来の桜の前を通り過ぎた。

秋に葉を落としたままの焦げ茶色の枝に、ぽつぽつと薄桃色の花芽が吹きだしている。

目を凝らして見なければ見落としてしまう。

——この様子を綺麗だと愛《め》でる人は少ないだろうが、わたしには、ぱっといっせいに開花する花にも増して愛《いと》おしく思える——

さっと風が吹いて揺れた木々の枝が、しなやかに飛んで乗り移った猫の仕業のように見えた。

三

瑠璃は縁側に座っていた。

普通、猫は隣りで香箱座りしているか、膝《ひざ》の上で甘えているものだが、虎吉と名を付けられたサビ猫は地べたに座り、瑠璃をじっと見上げていた。

——まるで、忠犬のようだな——

虎吉への印象は悪くなかった。

瑠璃に声を掛けずに後ろ姿だけをしばらく見つめ続けている。

——まるで、過ぎし日が戻ってきたようだ——

季蔵はその昔、季之助《としのすけ》と呼ばれていた、幼き日のことを思い出していた。

──あの時とそっくりではないか?──

瑠璃の生家である酒井《さかい》家には猫が絶えたためしがなかった。

瑠璃の父で鷲尾《わしお》家家来の酒井三郎右衛門《さぶろうえもん》が無類の猫好きだったからである。

それもあって瑠璃は猫に目がなかった。

迷い込んだサビ猫でさえ、

「まあ、何て綺麗な仔猫なのでしょう」

瑠璃は愛おしそうに頭と背中を撫でた。

「茶色と黒が細かに混ざった色の猫なのね。まるで鼈甲飴《べっこうあめ》のようじゃない? ああ、それに、近くで見れば見るほど美しい。どうして、この猫が嫌われるのかわからないわ。この子を見つけてくれてありがとう。何という名を付けようかしら?」

しばらく考えていた瑠璃は、

「季之助様が見つけた猫だから、としぞうというのはどうかしら?」

「としぞうねえ──」

この時の季蔵は猫に名を貸すのは抵抗があったのか、いささか嫌な顔をした。

「それじゃ、多少虎に似てるから虎吉はどう?」

「それはいい」

賛成したのは、トラと呼ばれるトラ柄の猫は人気だったからである。

たとえサビ猫でもトラ猫にあやかった名を付けてもらえれば、お嬢様の猫ということになって、使用人たちや仲間の猫に一目置かれるかもしれないと思ったのだった。

「ただし、サビ猫はたいてい雌でこれもそうだよ――」

「雌に虎吉はおかしいかしら？　じゃあ、虎代《とらよ》？　いいえ、やっぱり、虎吉よ」

そもそも人好きされないサビ猫ではあるが、我が子を守る母性本能と相俟《あいま》ってたいそう賢く、野良猫として一生を終えることが多かったからである。

酒井家で拾ったサビ猫の仔がある日、突然いなくなり、近くで母猫の姿を見たという話を季蔵は瑠璃から聞かされたことがあった。

「同じようにお腹《なか》を痛めたというのに、サビ柄ではない他の仔は連れていかなかったのよ。自分と同じ姿形の仔の行く末が案じられてならなかったんでしょうね」

その時、瑠璃は目を潤ませていた。

サビ猫と虎吉にはこれだけのいわくがあった。

座敷にいた季蔵は玄関を出て、縁先へまわった。瑠璃と虎吉の姿を後ろからだけではなく、前からも見たかったのである。

――瑠璃はきっとあの時に戻って、可愛がっていた虎吉と出会えたと思っているに違いない。瑠璃の幸せそうな顔をみたい――

「瑠璃」

縁先に立って季蔵は声を掛けた。

呼ばれて瑠璃は季蔵の方を見た。

この一瞬、彫像のようにかしこまって座っていた虎吉が、にゃっと短く威嚇すると、鞠《まり》のように跳ねて、素早く季蔵の片袖《そで》に嚙み付いた。頭を振り立て、目を血走らせ、容易に片袖を離さない。

「止《や》めなさい」

瑠璃の一言で虎吉は片袖を口から離すと、ずるりと地面に下り立ち、元の場所でまた彫像のような座り方をした。

「虎吉が帰ってきてくれるなんて夢みたい――」

瑠璃は季蔵に向かって微笑んだ。

「虎吉はどうしていたのだろうね」

実のところ、季蔵が言うに言われぬ事情で主家を出奔《しゅっぽん》した時、虎吉はまだ酒井家に飼われていたはずであった。

「あなたが急なご用で旅立たれてからしばらくして、わたしも家を出なければならなくなった時、いなくなってしまったの」

――瑠璃はわたしが鷲尾影守《かげもり》の奸計《かんけい》に嵌《は》められて出奔するしかなくなり、父親の酒井三郎右衛門様が責めを負って切腹、自身はお家存続のために側室にされた事実を思い出したくないのだ――

「でも、ある日、庭の池に、大きな鼈甲の塊が浮いていたのよ。虎吉はサビの毛皮を脱いでしまったのだわね」

――おそらく、虎吉は無理やり、連れて行こうとされた瑠璃を庇《かば》って斬《き》り殺され、池に放りこまれでもしたのだろう。あるいは瑠璃からぴったりと離れない虎吉が、主君の屋敷で粗相を働いてはまずいと、誰かが溺死《できし》させたのかもしれない――

「そして、またサビの毛皮を手に入れて、こうして帰ってきてくれたのです」

瑠璃はきっぱりと言い切った。

「きっとそうだ」

季蔵は大きく頷いた。

もちろん、目の前の虎吉はまだ若く、何年も前に飼っていたサビ猫などではあり得ない。

だが、

「としぞう」

季蔵が呼んでみると、ぴくりと両耳を動かして応《こた》えた。

「虎吉と呼んでいるのだけれど、時々、としぞうとも呼びたくなるのよ。前はそうしていたような気がして――」

――何と瑠璃は以前、虎吉をとしぞうと呼んでいたのだ――

季蔵は胸が詰まった。

「でも、どうして、この仔をとしぞうなんて呼んでいたのかしら？」

瑠璃は困惑気味に訊いてきた。

「そうだね――」

季蔵はどう応えていいかわからなくなった。

――瑠璃の頭の中は思い出したくない事柄が多すぎて、過ぎし日と今起きていることの整理が出来ていない。わたしが季之助で、今は季蔵と名乗っているのだと告げては混乱するだけだろう――

「この仔の好きな雄猫の名だったのかも――」

「ああ、きっとそうかもしれない」

「その雄猫はどうなったのかしら？」

瑠璃は真顔で首をかしげて、

「できれば一緒にさせてあげたいわ。離れ離れは可哀想《かわいそう》――」

自分は雄猫でも、虎吉の相手でもなく、先を約束した許婚《いいなずけ》だったのだと季蔵は、今すぐ叫びたかったが、

――そんなことをしては、苛《か》酷《こく》な過去ばかり思い出させてしまう――

「大丈夫。いつか、きっと、神様のお計らいで添うことになるのだろうから――」

励ますように言って笑いかけた。

「そうよね、こうして虎吉だって、無事、帰ってきたのですもの――」

瑠璃と虎吉は温かい春の陽射《ひざ》しに包まれ続けていた――。

この後、季蔵はお涼に、瑠璃とサビ猫についての切っても切れない縁について簡単に説

明した。

「わたし、あのサビ猫をあしざまに言い過ぎました――。やはり、深い理由《わけ》があったんですね」

やや恥ずかしそうに頷いたお涼は、

「あり得ないことなのでしょうが、あの虎吉が前の虎吉だったと言われても、わたしたちは驚きません。それほどあの虎吉は瑠璃さん一辺倒で、他の者には決してなつこうとしないんです。旦那様なぞ利き腕の手首をがぶりとやられました。普通、サビ猫は飼い猫になるとどんな猫より大人しいというのに――。正直、これからも気をつけないと――」

ふうとため息をついた。

暇《いとま》を告げる前に、

「夕餉《ゆうげ》は決まっていますか？」

季蔵はお涼に訊いた。

「いいえ、まだ――」

「それなら、わたしにお任せください」

「ええ、でも、今日はまだたいした買い物もしていなくて――」

「大丈夫です」

こうして季蔵はお涼の家の厨《くりや》に立った。

四

厨には鰹節《かつおぶし》とちりめんじゃこが常備されていた。

「卵なら今日の朝、届けてくれたものがあります」

お涼が告げた。

「それでは卵も使わせていただきましょう」

季蔵はまず、鉄鍋《てつなべ》に胡麻《ご ま》油を熱して、溶き卵をさっと炒《いた》めて皿に取った。さらに胡麻油を加えて、今度は櫃《ひつ》に移してある冷や飯を炒め、ちりめんじゃこと薄く削った鰹節、最後に皿に取ってある卵を入れてよく混ぜ合わせた。最後に醬油《しょうゆ》少々を垂らして隠し味に使う。

「まあ、いい匂《にお》い。それに卵の黄色が春の陽射しのようですね」

お涼が目を細めた。

「これで瑠璃だけではなく、虎吉も食べることのできる猫飯ができました。お奉行様やお涼さんも召し上がってください。とりあえずには一人と一匹の盛りつけをしてみます。ところで、焼き魚を盛りつける長四角の皿はありませんか？」

「こんなものでしたら——」

お涼が棚から出してきた四角い皿二皿に、季蔵は炒めるのに使った篦《へら》と菜箸《さいばし》を使って魚の形を模した。

「食は目福でもあるというけれど、何とも楽しい趣向ですね。きっと虎吉だけではなく、瑠璃さんの食も進むことでしょう。わたしも旦那様にお出しする時は真似《まね》てみます。よい料理を教えてくださいました」

お涼に頭を下げられ、

「とんでもない、瑠璃と虎吉を見ていて、ふと思いついた遊び心です。虎吉には難儀なさっていることとは思いますが、どうか、よろしく瑠璃たちを見守ってください」

あわてて季蔵はこれ以上はないと思われるほど深く頭《こうべ》を垂れた。

その翌朝、季蔵は店へ向かう前に、花見が行われる上野へと立ち寄った。

辰吉《たつきち》たちに頼まれた一件、勝二《かつじ》一家を花見に招くことをまだ烏谷《からすだに》に掛け合っていない。

もとより、烏谷の身近にいるお涼から話してもらう気はなかった。お涼には常に瑠璃のことだけを頼むつもりでいる。

もっとも、烏谷はお涼を介して、花見料理の素材調達や助っ人の茂兵衛のことを伝えてきたのだから、季蔵とて、勝二一家の招待を持ち出しても、そう不自然ではないはずなのだが、

――お奉行様からの言伝はどんなものでも有無を言わせぬ決定だ。一方、たとえそうむずかしい配慮とは思い難い、勝二さん一家の招待のことであっても、わたしからの口添えはお頼みで、お奉行様のお心次第だ。うっかりお涼さんを介して非礼と見なされるだけで

はなく、お涼さんに心労をかけてはすまない――

身の程をわきまえていた。

季蔵が上野の山を見てみたかったのは、そこの一角を花見の日に限って、烏谷が借り切っていると聞いたからである。

そもそもは塩梅屋に集う客たちを集めてのささやかな小宴だったのが、八坂《やさか》藩藩主の周防守《すおうのかみ》が参加すると決まったとたん、大ごとになってきたのであった。

何日か前に季蔵は烏谷から以下のような文を受け取った。

花見は数十人以上が集え、満開の桜を存分に眺めることのできる、絶好の場所を確保した。料理もこれらの人員の胃の腑《ふ》を満たす量をたっぷりと用意してほしい。ただし、これは何も、わしが奉行の権限を振りかざし、何の身も切らずに押し切ったわけではない。

大雨の折、崩れることの多い、本所《ほんじょ》、深川界隈《かいわい》の堀はもとより大川の堤の普請にと、今までわしが禄《ろく》の中からつましく貯《た》めてきた金を回すことにしたのだ。

その見返りが〝北町奉行烏谷椋十郎《りょうじゅうろう》〟が、ぱーっと仕切る花見の会というわけだ。

よもや異存はあるまい。

盛大な花見の会が噂《うわさ》に上って、景気低迷の折柄、市中の者たちの心の華になってほしいと思っている。

太閤《たいこう》秀吉に勝るとも劣らない花見というのはいささか思い上がりがすぎるが、桜よしは言うに及ばず、料理もっとよしの会にしたい。

よろしく頼む。

烏谷椋十郎

季蔵殿

烏谷のからからと豪快に笑う声が聞こえてきそうな上機嫌な文であった。

――勝二さん一家の招待をお願いした時、〝ああ、そうか、よいぞ〟とおっしゃるやもしれぬが、しらっと〝駄目だ、招待はもう締めきった〟と、目の笑っていない顔で告げられてしまうかもしれない――

季蔵が烏谷の借り切った場所を見ておきたいのは、〝あれほど広く桜がよく見える場所を借り切られるのは、如何《いか》に堤の補強の見返りとはいえ理不尽です〟と、まずは、先手を打っての駆け引きに出るつもりだからであった。

春の朝は緑と花の匂いがどこからともなく漂ってくる。上野に近づくにつれてその匂いが濃密になる。

明後日あたりが絶好の見頃のはずであった。

辰吉が頼まれて建てたという葦簀《よしず》張りの茶屋がすぐ目に入った。

離れて据えられているのは人の腰ほどの高さの長い台で、一丈（約三メートル）ほどはあり、近づいてみると古材の椚《くぬぎ》が使われている。

——一日限りの花見の料理を供するには充分だろう。それにしても捨て置かれている古材を使うとはよい思いつきだ
季蔵が見惚《みと》れていると、

「これなら重箱を沢山、並べられますね」

背後から聞き慣れたなつかしい声がした。

「勝二さん？」

季蔵が振り返ると、

「季蔵さん、お久しぶりです」

勝二は目尻《めじり》に皺《しわ》を寄せて微笑んだ。

「こちらこそ——」

咄嗟《とっさ》に季蔵は目を伏せていた。

「本当は花見の当日まで待ってもいいんですけど、どうしても、辰吉さんの仕事ぶりが見たくなって、朝餉もそこそこにぶらりと来てしまったんです」

勝二はさらに相好を崩した。

「そうでしたか——」

季蔵は一瞬、狐《きつね》に抓《つま》まれたような顔になった。

「実は辰吉さん、喜平《きへい》さんから、わたしたち一家も花見に加われるよう、あなたを通じて

お奉行様にお願いしたのだと聞きました。この花見は塩梅屋と関わりのある皆さんの持ち寄り、手作りとあって、辰吉さんはお奉行様がお示しになった予算に頭を悩ましていたんです。辰吉さんはお殿様の茶屋と、この大きな食台の両方を造らなければならなかったからです」

「食台のことまでは聞いていませんでした」

季蔵は今まで、仕事のことで辰吉が愚痴を言ったのを聞いたことがなかった。

「大工も指物師《さしもの》も木を扱うのは同じです。ただ、木の種類も仕入れ先も違っていますので、わたしが親しい材木屋さんに、花見まで持てばいいのだから、とにかく大きな古材を見つけてくれと頼んだんです。偶然にも頼んですぐ見つかりました。幸いにも、最近、椚林の中の番小屋を取り壊した人がいましてね。その人が片付けさえしてくれるのなら、代金は要らないと言ってくれました。そこではわたしも手伝って何人かで片付けました」

「それでこのような立派な花見食台を造ることができたのですね」

「辰吉さんはこの経緯《いきさつ》をお奉行様にお話しして、手作りに助力したわたしを招待してもらうんだと息巻いていましたが」

「ここまでなさったのなら、花見に加わる充分な資格があります」

季蔵は言い切った。

「ええ、でも、古材はいただいたもので、食台にしたのは辰吉さんでしょう？　運ぶのを手伝っただけではちょっと——。それで、指物師らしく、先代の頃から評判のいい箸十組を花見の福引きに出させていただきたいと、お奉行様に申し上げに行きました」

「奉行所まで？　直《じか》に会ったのですか？」

「お目通りは叶《かな》いませんでしたが、奉行所には行きました。文を置いて帰ったところ、翌日、一家をあげて、是非とも花見へ来るようにとの丁寧な返事が届きました」

「それはよかった──」

「おそらく季蔵さんのお口添えもあったのでしょう」

「いいえ、わたしはまだ何もお話ししていません。漕ぎ着けたのは勝二さん一人のお力です」

「お奉行様が開かれる花見は江戸一だという前評判ですので、女房や坊主が行きたがって行きたがって──。わたしも昔のように、季蔵さんの料理を肴に、辰吉さんや喜平さんと桜の下で酒を酌み交わしたくて」

照れ笑いした勝二は顔を赤くした。

──いつの間に勝二さんはこれほど大きく、胆が据わったのだろう──

季蔵は目を瞠《みは》る思いだった。

春の暖かな陽射しが、一筋だけ銀色に変わっている勝二の鬢《びん》をきらりと輝かせている。

──たとえ一時であっても、誰もが楽しく幸せな気持ちになれる、思い出に残る花見にしたい──

胸がいっぱいになった季蔵は、

「精一杯美味しい料理を作らせていただきます」

しみじみと洩《も》らして深々と頭を下げていた。

五

北町奉行烏谷椋十郎が塩梅屋を訪れたのは、花見の前日夕刻であった。

この日、季蔵は本日休業の札を掲げた。花見のための料理の仕込みに忙殺されていた。

「わしだぁ」

いつものように暮れ六ツ（午後六時頃）の鐘が鳴り終わったとたん、烏谷が戸口で怒鳴った。

「お奉行様だ、開けてさしあげてくれ」

ちょうどこの時、季蔵は糠床《ぬかどこ》から三日前に漬け込んだ焼き筍を取り出して、三吉と共に、漬かり具合を確かめようとしていたところだった。

「はい、只今《ただいま》」

三吉は焼き筍の糠漬けを摘みかけた箸を置いて戸口へと急いだ。

油障子を開けると、烏谷のぬっと大きな身体と、一見子どものように無邪気な童顔が目に飛び込んだ。

「今日はお休みをいただいております」

季蔵が三吉の後ろに立った。

「そんなことはわかっておる」

烏谷は大きく頷いて、

「それに明日の按配《あんばい》が気掛かりでここへ来たのでもない」

ふんと鼻を鳴らした。

「それじゃ、やっぱ猫のことですかね」

三吉が思わず呟くと、

「ほう、猫のこと？」

相手は大きな目をぎょろりと回してみせた。

「き、聞いた話じゃ、お、お奉行様は瑠璃さんにふさわしいのは、白い別嬪《べっぴん》猫の子だっていうから——」

たじろぐ三吉に、

「まあな」

烏谷は憮然《ぶぜん》とした面持ちになったかと思いきや、

「あれはもうよい。虎吉は瑠璃にだけは爪《つめ》を立てない忠義猫だ。わしやお涼になつかないのと多少の不細工は大目に見ることにした」

わははと大声で笑い飛ばした。

「離れへご案内いたします」

季蔵は烏谷を離れへ案内した。

中に入った烏谷は、まずは仏壇の前に座って線香を上げ、先代長次郎の位牌《いはい》に手を合わせた。

季蔵の方に向き直ると、

「今日は飯を食いに来たのではない。明日の支度で忙しいのはわかっている。だがあの饅頭を見たとたん、腹の虫が鳴き始めた。虎吉よりもよほど可愛い顔をしている上に、美味そうだ」

供物の猫饅頭へ顎《あご》をしゃくった。

「三吉が聞いたらさぞかし喜ぶでしょう」

仏壇の供物にあげてある猫饅頭は、お涼に倣ってにゃん饅屋に並んでもとめてきたものではなかった。

「おいら、実は今回、花見の桜餅《さくらもち》を任せてもらえるかなって楽しみにしてたんだ。そしたら、嘉月屋さんの役目になっちゃったでしょ？　ちょっとがっかり。だから、せめて、仏壇の長次郎さんに、〝塩梅屋もとうとう、これだけ大きな花見の料理を請け負うまでになりました〟っていうお知らせを、おいらの拵《こしら》える猫饅頭で伝えさせてもらいたいと思って――。長次郎さん、ああ見えて、結構、猫が好きだったんだよ。おいらが川っぺりで猫を流そうとした時、〝馬鹿っ、猫も人も罪のないものを殺したら、取り返しはつかないんだぞ。先のある身でそんなに地獄に落ちたいのか？〟って、説教された。あれがどんだけ身に沁《し》みたことか――」

頼みながら涙ぐんだ三吉のたっての願いを、

「その代わり、にゃん饅屋の真似はせずに、おまえらしい猫饅頭を作ってみろ」

季蔵が聞き届けての三吉猫饅であった。

「白猫目変化饅だよ。おいら、お奉行様と一緒で白猫が大好きなんだ」

三吉の拵えた猫饅頭の白猫は表情は一つで大きく綺麗な目を瞠っている。目の色だけを、煉り切りを黒、青、緑と染め分けて変えている。

「それでは、こちらをどうぞ」

季蔵は三吉が盛りつけて蓋《ふた》をしておいた重箱を差し出した。

「これはいい、滑らかな白餡の舌触りと上品な和三盆の甘味が何とも言えない」

素早く烏谷の手が伸びる。

「茶を淹《い》れさせましょう」

店にいる三吉にこのことを告げて、喜ばせてやろうと季蔵が立ち上がりかけると、

「ちょっと待て。それには及ばぬ。これ以上、長居もせぬ。明日があるゆえ、邪魔をしてはすまぬからな」

三吉猫饅を手にしたまま、烏谷は鋭く言い放った。

——そうだった、お奉行様が用もなくおいでになるわけもないのだ——

季蔵は烏谷が重箱の中身を食べ尽くすのを待って促した。

「どうぞ、お話しください」

「定町廻りの田端宗太郎《そうたろう》や岡っ引きの松次《まつじ》はここへよく足を向けている。そちとは腹を割って話もしているようだ――」

探るような目でやや回りくどい物言いをするのは、地獄耳と千里眼を自負するこの人物の癖であった。

――お奉行様の命で、田端様や松次親分と一緒にお役目を果たしたことさえあったというのに――

「お役目、ご苦労様でございます」

季蔵も烏谷に倣って惚《とぼ》けた応えで躱《かわ》した。

「すでに耳にしているはずだ」

「お二人から話はいろいろ聞いておりますので――」

「そう焦《じ》らすな、わしは相手を焦らすのは大好きだが、焦らされると腹が立つ」

――そろそろ潮時だ――

「口入屋大津屋の主与五郎とごろつきの作蔵が、忠臣蔵ゆかりの萬年橋と永代橋で、よく似た手口で殺された事件ではないかと――」

「そうだ。与五郎、作蔵はただの喧嘩《けんか》やかっぱらいなどではなく、騙《かた》り、人殺し等の重い悪事を重ねながら巧みにすり抜けてきた」

「以前からお奉行様はあ奴らに目をつけていたのですね」

季蔵は念を押した。

――これは深い――

「作蔵は四十七士の一人、大高源吾が吉良の首を討ち取った時に詠《よ》んだ、本願成就の句が書かれた紙を袖に入れていたという。大高源吾の句などごろつきが知るわけもない。忠臣蔵に我らの注意を向けて、仇討ちにかこつけた怨恨を装った下手人の仕業だ」

「大高源吾の句のことは聞きました」

「惚けるな、二人は黙っていたが、おおかたそちが助けて見つけたのだろう」

「出過ぎた真似をして、申しわけございません」

「謝ることなどない。ただ、どうにも、仲間を殺《あや》めた上、我らを謀《たばか》ろうとした下手人が気になってならぬのだ。田端と松次に命じて、殺された二人の周りを調べさせているのだが、二人とも江戸者ではなく、これという身内も、女の影さえ摑めない」

「田端様や松次親分の話では二人は相当な悪人で、泣かされた人たちも少なくないということでしたが――」

「もちろん、借用書を調べたり、作蔵の長屋の者たちにも訊いている」

烏谷は不機嫌な証に忙しく瞬きしつつ、ふんふんと鼻を鳴らした。

――悪人二人が殺されて、これほど下手人探しに意気込むお奉行様を見たのは久々だ――

「殺された二人の後ろにさらなる黒幕がいるとでも？」

季蔵は訊かずにはいられなかった。

「そうだ。殺されるまで、与五郎と作蔵の悪事にお上の縄が掛けられなかったのは、そやつの庇い立てがあったからなのだ」

力強く頷いた烏谷の額から、憤怒の熱気が汗となって噴き出し、

「こやつを捕らえて、即刻、御白州に引き出したい」

きっぱりと言い切った。

――おそらく、多少の見当はついているのだろうが、今はまだそれをお話しにはなるまい――

「わかりました」

背筋の緊張を感じながら、季蔵は烏谷の指図を待った。

「明日に掛かっている」

烏谷は心持ち声を低めた。

「明日は花見ですが――」

「黒幕は仲間二人を怨恨に見せかけて始末した。これには理由があるのだろうが、そこはわからぬ。だが、間違いなくこちらの動きを見張っているはずだ。北町の鬼奉行と言われているこのわしが、周防守様までお招きする、盛大な花見を開くとあれば、様子を覗《うかが》いにやってきてもおかしくはあるまい」

「まさか、塩梅屋のお客様方をお疑いなのでは？」

季蔵の言葉が尖《とが》った。

「安心しろ、それはない。そっちの調べはとうにつけてある」

「しかし、黒幕本人がやってくるとは限りません」

「本人ならなるべく目立たぬよう、遠巻きに眺めているであろうし、代わりの者ならそこそこの首尾を伝えねばならぬゆえ、皆が美味い酒と肴を胃の腑におさめて、わいわいと愉快に宴を楽しんでいるさ中、必ず、我らの花見に加わってくる――」

「それをわたしが見張り、見極めるようにとおっしゃるのですね」

「すでに花見の料理はすべて重箱に詰め込まれているはずだ。そのためもあって天茂亭の元主を助っ人にした。茂兵衛に声を掛けたのは、これを期に、何とか元のように立ち直ってほしいという情けや、桜を愛でながら、極上の天麩羅を頬張りたいという食い意地もあったが、ただそれだけではなかった」

烏谷は片目をつぶって見せた。

六

「せっかくの桜が台無しになる雨だけは降らないでほしいよね。あの世の長次郎さんにお願いしようっと――」

烏谷が帰った後、三吉は何度も長次郎の仏壇に手を合わせた。

その甲斐《かい》もあってか、翌日は朝から雀《すずめ》の鳴き声がちゅんちゅんと心を和ませる、またとない花見日和となった。

塩梅屋に泊まり込んで、料理を仕上げた季蔵と三吉は、大八車に幾つもの重箱と、数え切れないほどの皿、酒器一式、引裂箸《ひきさき》（割り箸）、手土産用に包んだ木の芽味噌《みそ》を積んで、満開の桜があかね色の雲のように見える上野へと向かった。

桜の木の下に、五平《ごへい》が蔵から運ばせた、何樽《たる》もの酒樽がさらなる華を添えている。

勝二が仲介して入手し、辰吉が仕上げた食台の上に所狭しと並べていく。

菓子屋嘉月屋の主嘉助《かすけ》が、小僧二人に重箱を重ねた風呂敷を背負わせてきた。

季蔵と挨拶《あいさつ》を交わした後、小僧たちに、

「うちの桜餅がおさまる場所が残っていてよかった、よかった」

残っていた隙間《すきま》に八段に積み上げた重箱を置かせた。

「前にも申しました通り、この食台全部をうちの桜餅で埋めてしまいたいのはやまやまなのです。けれども、これも花見料理のうちで、きっと、桜餅のお重の置き場も限られるだろうと思い直して、縁起のいい末広がりの八段重に詰めてみたのです」

嘉助の言葉に、

「お心遣いありがとうございます」

季蔵は頭を垂れた。

その後ろでは、薬種問屋良効堂の主、佐右衛門《さえもん》と、季蔵の願い通りに竹林の筍を掘り採ってくれた、光徳寺《こうとくじ》の住職が話をしている。二人は顔馴染《かおなじみ》らしく、

「実はわたしはこれに目がないんですよ」

安徳《あんとく》が掌《てのひら》に転がして勧める、自家製の大徳寺納豆の粒に佐右衛門が手を伸ばしている。

「おき玖さんもご新造になって、そろそろ一年。赤子はまだでしょうかな」

「二人は仲が良すぎるのではありませんか。良すぎるとなかなかと言いますから――。ほれ、あの通り」

佐右衛門が指差した方を見遣《みや》ると、
天麩羅の屋台を引く茂兵衛と息子の八十吉《やそきち》の姿が近づいてきた。

その親子を追いかけるようにして、籠を背負った蔵之進とおき玖が急いでいる。

季蔵は茂兵衛親子の挨拶を受けた。

「これは今時滅多に見られない、豪華な花見の席ですね」

白髪の目立つ父親が驚きの声を上げると、

「おやじ、そんなこと言うなよ、前はうちだって――」

中背の茂兵衛より頭一つ大きい八十吉が唇を尖らせた。

咄嗟に季蔵が掛ける言葉に窮していると、

「ああ、やっと間に合ったわ」

蔵之進とおき玖がそれぞれの背中から籠を下ろした。

「こんなに沢山――」

三吉が目を丸くすると、

「大は小を兼ねるというでしょう？　多い分には悪かないと思って夢中で採ったのよ。それにハナイカダって、幾らでも見つかるのよね」

　おき玖は夫と共に摘み取ったハナイカダを愛おしそうに見つめた。

「こっちも何とか、間に合ったようだぜ」

　蔵之進とおき玖に遅れて、田端宗太郎と元娘岡っ引きだった妻の美代、松次が顔を見せた。

「思った通り、ハリギリはあまり採れなくて」

　お美代は申しわけなさそうな表情で手にぶらさげている籠を茂兵衛に渡した。

「〝庭の木の芽ぐらいは持ち寄れるから、俺の顔も一つ立たせてくれ〟なんて、でかい口叩《たた》いちまったが、こっちの方もあんまりで――。アゲハ蝶の幼虫にやられちまってたんだ。アゲハ蝶ときたら、お大尽のアゲハ屋敷だけじゃなしに、貧乏人の俺のとこにもたかるんだから、ったく、たまんねえよ」

　松次は合わせた衿元《えりもと》から、しごく大事そうに紙に包んだ木の芽を取り出すと、

「十枚しかねえ、すまねえ」

　しょんぼりと項垂《うなだ》れた。

「木の芽は他の料理にたっぷり使っていますから、天麩羅の分は、これぐらいで大丈夫だと思います。それに何より、普段は珍しいハナイカダがこれほどあれば、きっと皆さん、大満足されますよ」

　季蔵は松次を慰めた。

すでに桜の葉の塩漬けは喜平から貰い受けてある。

季蔵はこれと一緒に松次の木の芽を茂兵衛に渡した。

「上等の胡麻油を使いきれないほどお奉行様にご用意いただいてますし、桜の葉に木の芽、タラの芽、コシアブラ、ハリギリ、ハナイカダ――これだけのものが揃うことはなかなかありません。油と素材が命の天麩羅職人冥利《みょうり》ですよ」

茂兵衛は笑顔で感嘆し、

「うちだって――」

呟きかけた息子を、

「八十吉、宴に泣き言は似合わないっ」

低い声と強い目で制した。

「季蔵さん、これを」

女房のおかいと一粒種の勝一《かついち》を連れた勝二が福引き用のこよりと十組の箸を差し出した。

「すっごーい」

一段と背が伸びた勝一がぴょんぴょんと食台の周りを飛び跳ねると、

「家族でのお花見なんて久々だし、こんな盛大なの、子どもの頃、死んだおとっつぁんにご贔屓《ひいき》だったお大尽のお屋敷へ連れて行ってもらって以来よ」

うっとりと、桜や料理、葦簀張りの茶屋に見惚れていた母親のおかいが、

「こら、お行儀よく」

あわてた声を上げた。

喜平と辰吉、五平一家、豪助とおしん、まだ幼い息子の善太《ぜんた》が続く。

「遅くなってごめんなさい」

おしんが季蔵に耳打ちして、

「さあ、皆さん、ご自由にお持ちください」

大八車に積んだ茣蓙や赤い毛氈《もうせん》を配り始めた。

「実はおまえから、〝茣蓙や毛氈は任せてくれ、おしんも手伝いたいんだって〟と言われたのを鵜《う》呑みにして、皆さんに、〝いろいろ手助けしていただいたので、皿や箸は言うに及ばず、茣蓙や毛氈もこちらでご用意いたします〟と言っていた手前、少々はらはらしていたところだった」

季蔵が洩らすと、

「おしんがさ、損料屋に掛け合って、びっくりするほど安く借りたのさ。ぎりぎりまで粘らないと、足元を見られて高いことを言われるんだけど、〝こんないい日和には、皆さん、とっくに花見に出かけてますよ。この日のために無理をして茣蓙や毛氈を買う人は多いんだから。この店の茣蓙と毛氈をぜーんぶ借りますから、三百文でいかがです？　誰も借り手がいないより、多少でも稼げる方がいいでしょ？〟なんて畳みかけて――」

豪助も冷や汗ものだったようである。

こうして、花見の客たちは茣蓙と毛氈で各々の席を作ると、季蔵が用意した皿や箸、酒器を使って、灘《なだ》の銘酒や飯台の上の花見料理を堪能し始めた。

桜餅に目がない、勝二の子勝一、豪助の子善太、五平の子五太郎《ごたろう》の三人は競い合うようにして幾つか平らげると、初めて顔を合わす者同士だというのに、すぐに打ち解け、代わる代わるおちずが膝の上に乗せている五太郎の妹お幸《ゆき》の頭をなでたり、ほおずりしたり、落ちている桜の花びらを掬《すく》ってお幸にかけるなどしてお幸をかまった。お幸もきゃっきゃっと声をたて、手を叩いて喜んでいたが、ちょっとしたはずみに男の子三人はじゃれ合うように追いかけごっこを始めてしまい、お幸がむずかった。

「女は女同士、仲良くしましょうよ」

おき玖が優しく話しかけて、お幸を泣き止ませたところに、大食大会で鳴らした辰吉の女房のおちえが桜餅の入った重箱を一箱持ってきた。

「もう一つ桜餅を食べようよ」

おき玖とお幸を膝に乗せたおちずが、余っていた茣蓙と毛氈で新しい席を作ると、おかい、美代、あのおしんまでもが集まって、女たちだけの宴になった。

「子育てって長く、時に辛《つら》いものですよね」

膝の上のお幸の頭を撫でながら、思わずおちずが洩らし、

「ほんとにね。特に、忙しくて身体が幾つあっても足りないような時に、むずかって泣かれたり、風邪《かぜ》で熱を出されたりすると応えたわ」

おしんがふうとため息と共に相づちを打つと、

「ええ、でも、過ぎてしまえばあっという間だよ。幸せの後ろ髪みたいなもので、その時は気がつかないけれど、子育てが大変な時って一番幸せな時なのかも――。だから、今を大事にしなよ」

おちえは大福餅のような柔和な表情になって、母親似で横幅があり、食台から離れようとせず、旺盛《おうせい》な食欲を発揮している、わが子をちらと見た。

「可愛いものね、神様からの贈りものだっていわれてるの、きっと本当よ」

おき玖は、思わず、おくるみに包まれた赤子を、蔵之進と二人で見守っている図を想像してしまい、知らずと神妙な顔になっていた。

七

季蔵は喜平と辰吉、勝二の宴へと目を転じた。喜平を挟んで辰吉と勝二が座って、盃を傾けている。

――三人揃って塩梅屋に来てくれていた時は、それが当たり前で、よもや、そのうちの一人が欠けるなどとは思ってもみなかった。こうして、再び、あの時のように揃うと、やはりあれは幸せの絵だったのだと思い知らされる、切ないな――

喜平たちはしきりに話をしている様子なのだが、季蔵のいる場所からではその内容までは聞こえてこない。

三人の表情は緩み、目は一様に細められていて、春の日溜《ひだ》まりの中でゆったりとくつろいでいる猫たちのようにも見えた。

――次はいつ、三人揃うことができるかわからないにせよ、今はただ、このつかの間の幸せに癒《いや》されてほしい――

風が出てきたせいか、この時、喜平たちの真上で咲いていた、桜の木から薄桃色のはかなげな色の花びらがはらりと散った。

――いつ見ても、桜の花が散る様子は風情があってもどこか哀《かな》しい――

季蔵の心が湿りかけた時、つん、とん、しゃんと三味線の音が賑《にぎ》やかに鳴った。

驚いて音のした方へと走って行くと、右隣で行われている別の花見の集いに、三味線を抱えた大年増の芸妓《げいぎ》が三人、加わったところだった。

芸妓たちの手にしているバチが忙しく動いて、強烈だが弾むような調べが紡ぎ出されていく。

「はぁ、大江戸花見の一番は――」

三味線の音に歌が添えられる。

――お奉行様や周防守様がそろそろおいでになる頃だ、それにうちの方には田端様、伊沢様、松次親分がいる。大丈夫だろうか？――

お上は上野の山での音曲披露を許してはいなかった。ただし、音曲は座に連帯感をもたらして、一気に花見を盛り上げる。それゆえ、市中の人たちは到底、諦《あきら》めることなどできず、お上の耳に入らぬよう密《ひそ》かに楽しんでいた。

「ご内密に願います」

季蔵に声を掛けてきたのは、

「申し遅れました。品川の廻船《かいせん》問屋滝野屋《たきのや》の主杉右衛門《すぎえもん》でございます」

四十歳ほどの年齢で柔和な白い顔の男だった。贅沢《ぜいたく》な絹を羽織にまで使っている。

季蔵も名乗って、

「ここはあなたの仕切りですか？」

五十人は下らない右隣の客たちを一瞥《いちべつ》した。

「ええ。お奉行様が極めた酒と肴を揃え、どこぞのお殿様までお呼びになり、一世一代の花見をなさると、風の便りに聞いて、ついつい、持ち前の負けん気と悪戯《いたずら》心が頭をもたげました」

笑うと杉右衛門は悪戯小僧のような茶目っ気のある顔になった。烏谷に負けず劣らず童顔である。

「しかし、音曲は禁止されています」

三味線と歌は止む気配がない。

「知っていますとも、でもね――」

杉右衛門はまたしても、ふふっと笑った。

すると、突然、ふっくらと丸く、小さな身体の年嵩《としかさ》の女が芸妓たちの前に立った。

「もう、たまらない、あたし、踊らせてもらいますよ」

女はすぐに三味線の音色と歌に合わせて踊りはじめた。ほどなく三味線も歌も止んだのは、女が踊りながら勝手な歌を口ずさみはじめたからであった。

「花のお江戸で一番は猫とにゃん饅、このあたし。あたしはやす、猫婆、さあさ、猫の仕種をしてみましょ。跳んで跳ねて鼠を捕って、そのくせ、昼寝とマタタビが大好きで──」

──あれがにゃん饅屋の主、おやすさんだったのか──

季蔵はおやすが柔らかな身体を駆使して、木や塀に飛び乗ったり、鼠や鳥に飛びかかったり、ごろりと昼寝に入ったり、マタタビにじゃれて色っぽい様子になったりするだけではなく、顔の表情や目配りまで猫になりきる様子に見惚れていた。

──それで、あのように、さまざまな猫の表情を模した饅頭が作れるのだな──

おやすの踊りと歌は長かったが、誰も少しも飽きず、終わった時は、

「いいぞ、いいぞ」

「滅多に見られない踊りと歌だった」

「猫人気に便乗して、猫の怪談ものをやってる、芝居小屋なんかも形無しだね」

「にゃん饅屋のおやすさんは猫女っ!!」

しばらく喝采が鳴り止まなかった。

「いかがでした？」

杉右衛門が訊いてきた。

「あなたの目的はこれだったのですね」

「ええ」

頷いた杉右衛門が顎をしゃくると、芸妓たちは帰り支度をはじめた。

「よかったでしょ？　わたしは素人が感極まって見せてくれる、今のような踊りや歌に惹《ひ》かれてるんです。むんむんと熱気が感じられて、これは感動ものです。芸妓三人の上手《うま》いだけで変哲のない三味線や歌は、素人が持ち合わせている、こうした力を誘い出すためのものでした」

「毎年、あのような人が出てくるものなのですか？」

「今年はあの女《ひと》でしたが、昨年はまだ十歳そこそこの子どもでした。その子のおっかさんは能楽師のところの下働きで、倅《せがれ》は始終、能楽の稽古を耳にしていたのです。男の子はあの能曲の〝隅田川〟に、自分なりのふしをつけて歌ってくれました。素晴らしかった。〝隅田川〟と花見はいい相性で、最後まで聴き終えると、わたしにも他の人たちにも、そのころころと肥えた元気な子が梅若丸の幽霊に見えたものです」

能曲〝隅田川〟は我が子梅若丸の死を悼《いた》むあまり、狂ってしまう母親の愛の深さを、墨田川の情緒豊かな自然の中に謳《うた》った傑作である。

「おかげでよいものを見ることができました」

季蔵は礼を言って杉右衛門のそばを離れた。

左隣にでもいて、花見をしていたのだろうか、季蔵たちが茣蓙や毛氈を広げている場所

を突っ切って、自分のところに帰ろうとしたおやすは、食台の前を通りかかって、

「あら、いい匂い、美味しそう」

立ち止まった。

気がついた季蔵が料理や酒を勧めようとした時、

「花見での踊りや歌は御法度だってわかってるだろ。だから、いいか、お目こぼしは今回きりだぜ」

松次の十手がさっとおやすの目の前に差し出された。

一瞬、おやすは、はっと顔色を変えたが、

「あら、親分」

すぐに笑顔を取り繕って、

「お聞きしてますよ。南八丁堀の松次親分でしょう？　何より甘ぁーいものがお好きだって。それで、にゃん饅屋にはいつおいでなのかと、まだか、まだかとお待ちしてました。どうして来てくれないんです？　そうそう、この花見にもにゃん饅屋の屋台を出してます。猫饅頭、お一つ、いかが？」

媚《こ》びるような声を出した。

この声にも歌の時と同様、言うに言われぬ魅力があった。

――大年増どころか、老婆に近い年齢なのだろう。にゃん饅屋が流行《はや》るのは、この女の持ち合わせている気の力かもしれない――

「俺は猫嫌いなのさ」

松次は口をへの字に曲げた。

「それは残念、なら、あたしに会いに来てくださいよ。あたしは猫女なんかじゃない、人ですから」

なおも、おやすは追いすがる物言いをしたが、

「猫饅頭なんてまっぴらさ」

吐き出すように言った松次は仏頂面のまま、背を向けてしまった。

帰って行ったおやすと入れ替わりに、

「季蔵さん」

こちらへ歩いてきた杉右衛門に声を掛けられた。

「何か――」

「お願い事があるのです」

「おっしゃってください」

「あれです」

杉右衛門は茂兵衛親子がせっせと桜の葉や山菜を揚げている、天麩羅の屋台を指差した。

「先ほどあそこを覗いたところ、揚げていない山菜がまだ沢山残っていました。あれを全部、わたしに買わせていただけませんか。お招きしたうちのお客方様に配りたいのです。うちのお客様方は、一度ならず、あの豪勢だった天茂亭の敷居を跨《また》いだ方々ばかりなので

す。今や幻と化してしまった、主茂兵衛の揚げる天麩羅の絶品がここで味わえるとなれば、さぞかし喜ばれることでしょう。それから、お代の半分をあの親子にやっていただけると有り難い」

「しかし、この催しはそのような売り買いとは無縁なので――」

季蔵が困惑を口に出すと、

「実はあそこにいる茂兵衛はわたしの亡くなった姉の連れ合いで、八十吉は血のつながった甥《おい》なのです」

杉右衛門は切なげにため息をついた。

第三話　春牛蒡

一

――この人の姉さんが拐《かどわ》かされて殺されたという、茂兵衛《もへえ》さんの連れ合いだったのか――

季蔵《としぞう》は思わず目を伏せた。

「悲運だった姉うねとその赤子のことは御存じでしょう？」

杉右衛門《すぎえもん》の言葉に季蔵は黙って頷《うなず》いた。

「あの時、わたしは上方《かみがた》で仕事をしていて、姉一家に悪の手が伸びていることを知りませんでした。上方で財を築き、こちらへ戻って来て、拐かされた姉が骸《むくろ》で見つかり、あれほど繁盛していた天茂亭《てんもてい》が人手に渡ってしまったことを知ったのです。そもそも、わたしが今日あるのは、姉に頼まれた義兄《あに》が商いの元手を都合してくれたからです。ですから、今はわたしが恩を返したいと思っています。にもかかわらず、受け取ってくれたのは都合してくれた元手だけで、義兄は頑として、わたしからの助けを受けようとはしてくれないのです。天麩羅《てんぷら》の屋台なぞ引くことはない、天茂亭とまではいかなくても、元天茂亭の主《あるじ》として、恥ずかしくない構えの天麩羅屋を開く手伝いならできる、客だって大勢集められると、言い続けているのですが義兄は聞いてはくれません。たとえ屋台売りであっても、職人気質《かたぎ》の義兄は油やネタに妥協しないので、仕入れの銭にも事欠くほどだと甥《おい》の八十吉《やそきち》から聞いています。あれでは甥が可哀想《かわいそう》です」

「八十吉さんは叔父さんの申し出を受け容れたいのですね」

季蔵は父親に愚痴を窘《たしな》められていた、やや投げやりで不機嫌な若者の目を思いだしていた。

「いつまでも屋台の天麩羅屋では先がありませんからね」

よほど気がかりなのか、杉右衛門はまたちらちらと茂兵衛親子の方を見た。気がついた八十吉が父親に悟られないよう、首をかしげるようにして挨拶《あいさつ》をした。

「わかりました。どうか、そちらのお客様方にも、茂兵衛さんの天麩羅を振る舞ってください。お代のことは、後日、お奉行様にお話しして、なるべく、あなたのお気持ちに添うようにできたらと思います」

「ありがとうございました」

ほっと息を吐いた杉右衛門は、茂兵衛親子の方へと歩いて行った。

この後、ほどなく、八坂《やさか》藩主の一行がやってきて、葦簀《よしず》張りの茶屋に落ち着いた。

北尾周防守正良《きたおすおうのかみまさなが》は年齢の頃は四十半ばで、引き締まったやや大柄の身体《からだ》つきが頼もしく、知的な表情が暗く生気を欠いてさえいなければ、武者姿が似合いそうな様子をしている。

——最愛の奥方様が御健勝で、ご自身が老中の地位にあった頃は、さぞかし、精力的に辣腕《らつわん》を揮《ふる》っておられたことだろう——

茶屋には烏谷《からすだに》とお涼《りょう》、虎吉《とらきち》を抱いた瑠璃《るり》も連なっている。

烏谷はおろし立ての紋付きを着て、お涼は白地に春の七草が描かれている辻《つじ》が花《ばな》染めを、瑠璃は萌黄《もえぎ》色の地に桜模様の友禅を纏《まと》っている。

瑠璃の風情は豪華絢爛《けんらん》というよりも、楚々《そそ》とした桜の精のように見える。

——ここでも花見が出来る——

季蔵は見惚《みと》れまいとうつむきながら、お涼が周防守用にと届けてきた、金箔《きんぱく》が豪華に使われている輪島塗りの重箱や箸《はし》、皿、酒器を用意した。

「世話になる」

周防守は一言洩《も》らすと、烏谷が注《つ》いだ酒で申しわけ程度に唇を濡《ぬ》らし、季蔵が蓋《ふた》を取った重箱からお涼が一品ずつ、皿に取り分けて供すると、手にした箸をその上に置いた。口へ運ぼうとはしない。

——やはり、それほどご心痛が深いのだ——

また風が吹いて、ここでは最も沢山の花を咲かせるという桜の古木が揺れた。先ほどよりも強い風が、桜の花びらを川の流れのように淀《よど》みなく散らせていく。

周防守は憑《つ》かれたように、じっとその様子に見入っている。

——散る桜は時に命の終わりを感じさせる。これでは気が晴れるどころか、かえって、落ち込んでしまわれるのでは？──

季蔵は烏谷の目に訴えた。

──たしかに──

目だけで頷《うなず》いた烏谷は、

「周防守様、実は本日、極上の花見の趣向がございます」

冷や汗を額に浮かべながらもにこにこと笑い、

「長崎屋五平《ながさきやごへい》を、これへ」

季蔵に命じた。

──お奉行様は五平さんの噺《はなし》に賭《か》けている──

しかし、五平の噺をもってしても、周防守の気を晴らせるかどうかはわからない。

──途中でお帰りになるなどして、ご機嫌を損ねたら、五平さんの身にどんなお咎《とが》めが降って湧《わ》くか、しれたものではない──

季蔵が一抹の不安を感じながら茶屋の外に出ると、そこには、すでに紋付羽織袴《はかま》をつけ、扇子を手にした五平が控えていた。

「よろしくお願いします」

季蔵は頭《こうべ》を垂れた。

「わかりました」

五平は緊張の面持ちで、茶屋の奥に一段高く造られている高座へと上がった。

「捲《めく》りがなくちゃ困るよ」

五平は季蔵に苦情を言った。

――しまった、忘れていた――

季蔵はあわてたが、ここからもう、噺のうちだった。

「捲りなしじゃ、噺はできないよ。帰ろうかな」

五平は腰を浮かしかけたが、もちろんふりをしただけである。

「そんなことだろうと思ってさ、ちゃーんと俺が持ってきたよ」

五平は右片袖《そで》から松風亭玉輔《しょうふうていたますけ》と書かれた紙を出した。

「それでも、捲り台だけはあるじゃないか」

五平は急ごしらえの捲り台に、その紙を渡して吊《つる》すと、改めて座布団に座り、扇子を手前に置き、両手をつき、深々と辞儀をした。

「えー、では本日は〝花見幽霊〟の一席を伺います。えー、花見で知られているのがあの〝花見酒〟でございます。花見で仕入れた酒を高く売ろうという魂胆が、酒好きが過ぎて、自分たちが客になってしまい、商いにならなかったという笑い噺でして。馬鹿はどう仕様もないというような呆《あき》れた噺ではございますが、よーく、考えますとね、これほど花見を楽しんだ熊《くま》さん、八《は》っつぁんはそういないように思います。だって、そうでしょ、好きな酒が沢山飲めただけじゃなしに、酒で一儲《もう》けしようなんていう、いい夢見ることもできたわけですから。それで、今回、あたしはとにかく、この手のいい夢にあやかった、花見噺をしたいと思いつきました」

そこで五平は一度言葉を切り、ぱたぱたと扇子を遣った。

「ああ、暑い、暑い、いい夢ってえのは熱が籠《こ》もってるもんでございます。さて、まずは夫婦《めおと》になる前の男と女のお噺です。若いだけが取り柄の二人でした。着ているもんはいつも薄緑の洗いざらしでね。それでもまあ、花見に行ければいい方で、身内のいないこの二人はずっと働き詰めで、花見なんて行ったこと、一度もなかったんです。それでも、こつこつと銭を貯《た》めて、いつか一世一代の花見をしよう、その時、夫婦になろうと二人は決めてました。知ってますよね。ところで、卵焼きの代わりに沢庵《たくあん》を詰めちまう、長屋の花見はどういうわけか、これだけは叶《かな》うような気がしてたんです。でもねえ――」

五平の鼻がぐすんと鳴った。

「待ちに待った二人の花見が近づいてきました。女の方は花見の時、見込まれて刀研ぎになった男に研ぎ石を贈ろうと思い詰めていました。思い詰めずにはいられなかったのは、その研ぎ石がたいそう高かったからです。先ほど取り柄はないと申しましたが、女は器量好しでした。貧しい別嬪《べっぴん》を放っておいてくれるほど、世間は甘くありません。仲居をしていた女の悩みを、おためごかしに聞き出した料理屋の女将《おかみ》が、ここぞとばかりに、客の持ち物を盗んだと言い立てました。番屋に突き出さない代わりに、ある大店《おおだな》の主の妾《めかけ》になるよう脅したのです。ただし、支度金の中から研ぎ石の分だけは都合してやるからと――」

季蔵はお涼が片袖を目に当てる姿を見た。

「一方、男は女のために、父親の形見の象牙《ぞうげ》の根付けを売って、晴れ着を買うことに決めました。あれほど綺麗《きれい》なのに身を飾ることなど一度もなかった女を、花見の桜にさえ負けないよう、精一杯、飾り立ててやりたかったのです。そうは言っても、象牙の根付けぐらいでは呉服屋の暖簾《のれん》はくぐれず、古着屋を回っているうちに、これぞという見事な品を見つけました。それは桜とアゲハ蝶《ちょう》が描かれている、少々、変わった絵柄のもので、桜にもアゲハ蝶にも見劣らないほど美しい女でないと似合いません。でも、どんな女よりも自分の相手に似合うと男は思ったのです。きっと、神様のお取り計らいで、その女のためだけに描かれた特別な絵柄だとも――」

アゲハという言葉を耳にしたせいか、周防守の目に輝きが宿った。

二

五平の噺は佳境に向かって行く。

「ところが男の愛《いと》しいその相手は花見を待たずに、この世の者ではなくなりました。〝これを着て花見に来てほしい〟という文が添えられて、晴れ着が届けられた花見の前日、大川に飛び込んで命を絶ったのです。花見の当日、男が幾ら待っても女は約束の場所に現れません。女の家まで訪ねて行くと、座敷には見事な晴れ着が、蝶が羽を広げたかのように広げられ、男のためにと買い求めた研ぎ石と、〝これをご覧になる頃、わたしはもう、黄《よ》泉《み》の国に着いていることと思います。理由あってこの世で添うことができなくなりました。この世でわたしはあなただけのために生きました。これからもです。花見にはここに居る蝶になってまいります〟と書かれた文が一緒に置かれていました。それを見た男はもうたまらなくなり、思わず晴れ着を掻《か》き抱き、〝おまえの居ないこの世に何の未練もない〟と呟いて、仕事道具の石割刀を手にして我が身に向けたとたん、どうでしょう、晴れ着の絵柄のアゲハ蝶がひらひらといっせいに宙を舞い始め、戸口を出ると、花見の場所へと飛んで行きました」

そこで周防守はふーっと感動のため息を洩らした。

「アゲハ蝶に導かれて着いた花見の場所でも男は、これらが女の化身かと思うとアゲハ蝶から目が離せません。桜の花に囲まれているアゲハ蝶の群れは、男においでおいでと手招きしているかのように、時折、先へ飛ぶのを止めて宙に止まり、男がついてきているとわかると飛び続けるのです。そうこうしているうちに、アゲハ蝶の群れは島田に結って晴れ着を着た町娘の足元にぴたりと止まりました。〝ほう、おまえも来ていたのか〟、声の主は男を見込んだ刀研ぎの親方で、一緒にいる町娘は、両親《ふたおや》を流行病《はやりやまい》で亡くし、伯父の親方を頼って、小田原から江戸へ来たばかりの姪《めい》でした。男はその姪を見つめ続けずにはいられませんでした。面差しがあまりに、死んでしまった女に似ていたからです。時は流れて行きます。女が遺してくれた極上の研ぎ石に恥じない仕事をしなければと、男はただただ必死に技を磨くべく、厳しい修業に励みました」

　烏谷がうーむと唸《うな》って男の心意気に感心した。

「何年かして、男は親方に誘われて二度目の花見に行きました。一度目同様、宙を舞い始めたアゲハ蝶の群れが、さらに美しさの増した親方の姪の足元を彩ります。この時、親方は〝姪と所帯をもって、俺の後を継いでくれねえか〟と男に頼みました。男は押し入れの中にあるあの晴れ着を三日三晩、眺め続けて、アゲハ蝶が晴れ着に戻ってくるのを待ちました。ところが、とうとう戻っては来ず、男は親方の頼みを受け容《い》れました。死んだ女がそうするようにと背中を押してくれている、そう感じたからです。あるいは突然、姿を見せた親方の姪はアゲハ蝶同様、女の化身かもしれないと思ったのです。その証《あかし》に女房となった女は、祝言を挙げて親方の家に移った後、男が捨てられずに行李《こうり》にしまっていたあの晴れ着を、すぐに探し出し、気に入ってよく袖を通したのです。この時、桜だけになってしまった絵柄のはずなのに、なぜか、男には、ちらちらと時折、華麗なアゲハ蝶の模様が見え、女房はこれ以上はないという幸せな笑顔を向けてくれるのでした。この夫婦に元気な後継ぎの男の子が授かりました。生まれたのはもちろん、花見の頃であったのは申すまでもございません」

　五平もまた、会心の噺が出来たという満足そうな表情で、

「実はこのわたし、市中のどこにでもいるアゲハ蝶をあれこれ見て回りました。毛むくじゃらの小さな虫が、緑色に変わってさなぎになり、蝶に育つのですが、この間は雄雌の区別が全くつきません。とはいえ、人にはそう見えるだけで、アゲハ蝶たちにはわかってい

て、恋を語り合いながら、ひたすら山椒《さんしょう》やカラタチの葉を食べて、早く、蝶になって花から花へ飛び回り、結ばれて恋を成就させたいと思っているのではないかと思えたのです。しかし、葉の上にいる幼虫には敵が多く、特に鳥たちの格好の餌食《えじき》になる場面を何度も目にしました。人の世でも、弱い者はとかく狙われ陥れられやすいものです。また、幼虫も蝶になると、雌雄の区別がつき、雌は雄よりも鮮やかな色を持ち合わせることもわかりました。そんな雌や雄に、人のような互いを愛おしむ気持ちがあったらという考えほど、楽しいものはありませんでした。ですので、この噺、春の幽霊噺として聴いていただいても、アゲハ蝶の珍妙な恋怪談が、しばし、お耳を掠《かす》めたとだけ感じていただいても、どちらでも結構なのでございます」

すっきりと後をしめ、虎吉がにゃあと一鳴きした。

「でかした、でかした」

周防守は、喝采を送り続けて、

「すっかり楽しませてもらったぞ。このように心が和んだのは、奥が亡くなってからはじめてじゃ」

五平に向けて何度も頷いて見せた。

「ご苦労であった」

烏谷は声を張り、

「お褒めのお言葉、生涯の励みといたします」

高座から下りた五平は平伏して頭を深く垂れた。

五平が茶屋を辞した後、周防守は箸と盃《さかずき》を手にした。

噺の前にはひんやり澱《よど》んでいたその場が、次第に温かく活気のあるものに変わっていく。

――お慰めできてよかった――

「なかなか美味い料理よな」

周防守に褒められた季蔵は五平に倣って辞儀をした。

するとそこへ、

「にゃん饅屋ぁ、にゃん饅、にゃんにゃん」

聴き惚れたばかりのおやすの声が近づいてきた。

虎吉の両耳がぴくりと動いた。

「あらっ、大変」

瑠璃が叫んだのは虎吉が膝から飛び降りて、茶屋の外へ出て行ったからである。

季蔵は虎吉を追いかけて外へ出た。

おやすがにゃん饅の屋台を曳《ひ》いている。

「花見一日限りのにわか屋台ですからね、皆さんに見て、食べていただきたくて――」

驚いたことに、人になつかないはずの虎吉がおやすに身体をすり寄せている。

――おやすさんは相当な猫好きなのだな――

目を糸のように細めて、にゃあ、にゃあと甘えるように鳴き続けている。

「わかった、わかった」

おやすは赤子をあやすように言葉をかけて、

「今、あんたの姉妹を拵《こしら》えてあげるから」

器用な手つきで、特徴のあるやや大きめな口と、猫にしてはたれ気味の両目を、饅頭《まんじゅう》に焼き鏝をあてたり練り黒胡麻《ごま》を使って仕上げた。

――なるほど、おやすさんのにゃん饅屋が繁盛なのは、飼い主が連れてきた猫の顔を、饅頭にしてくれるからなのだな。これはもう神業だ――

季蔵は舌を巻いた。

「虎吉、虎――」

瑠璃がお涼が止めるのを振り切って追いかけてきた。

「あんたの猫?」

おやすは瑠璃に向かって微笑んだ。

瑠璃がこくりと頷くと、

「ほら、これ」

作りたての虎吉饅頭を差し出した。

季蔵が財布に手を伸ばしかけると、

「気にしない、気にしない、今日は楽しい花見なんだからさ」

おやすは豪快に笑って、

「それにこの仔も返しとかないと。さあ、お帰りっ」

虎吉はその言葉に操られたかのように、饅頭を受け取った瑠璃の元へ駆け寄った。

「素晴らしい歌と踊りを見せていただいた上に、商いの品までいただくとは――。お代を受け取っていただけないのなら、せめて、木原店《きはらだな》の塩梅屋《あんばいや》においでいただけませんか？　お返しと申しては何ですが、精一杯、もてなさせていただきます」

季蔵は恐縮していた。

「あたしは食いしん坊だから、塩梅屋が食通の隠し店だって噂《うわさ》は聞いてるよ。あたしの歌とか踊りなんて素人芸丸出しだし、悪いんじゃないの？　饅頭一つで立派な料理をご馳走《ちそう》になるなんてさ。それにたいてい飯屋の夜は男衆ばかしだろ？　女のあたしなんて邪魔くさかないかい？　それでもいいのかい？」

おやすがうれしそうに断りとも、形だけの遠慮ともつかない言葉を並べていると、

「うるさいぞ」

烏谷がおやすを射るような目で睨《にら》み付けた後、

「だが、周防守様は、〝本日はことの外愉快で気持ちがいいゆえ、虎吉の飼い主瑠璃にも免じて、面白い猫遣い女も同席を許す〟とおっしゃっている。まあ、ここに掛けろ。ここには酒や肴もある」

ぐいと顎をしゃくった。

三

「無礼講を許す、皆、遠慮せずに食せよ」

訪れた時とは打って代わって生気を取り戻した周防守は溌剌《はつらつ》とした笑顔で、

「酒も料理もよいのう」

しきりに褒め、

「勿体《もったい》ないお言葉、恐れ入ります」

季蔵は頭を垂れ続けた。

「桜の葉や山菜の天麩羅は香りが命よな。亡き奥にも食べさせてやりたい。箸を進めていると、まるで、まだ奥が生きているようだ」

周防守は桜おこわを口に運んでいる瑠璃に微笑みかけて、

「桜模様の着物を着て桜おこわを食するとは、何とも典雅じゃ。極楽の桜の園から舞い降りてきた天女のようだ」

何度もため息をついただけではなく、

「奉行はこの中の料理で何が好きか？」

などと烏谷に訊《き》いた。

常に似合わず、ひっそりと行儀良く箸を取っていた烏谷は、虚を衝かれて、一瞬目を白黒させたが、

「野趣豊かな天麩羅も大変結構なのですが、魚好きのそれがしとしましては、どちらかというと、木の芽の香りを生かした小鰺《こあじ》の揚げ漬けや、鰆の味噌漬け焼き、蛤の串焼きがうれしいです」

かしこまって生真面目《きまじめ》に応えた。

「そちは？」

降って湧いた問い掛けだったが、

「わたくしは木の芽の香りが好きでございまして、淡泊な豆腐の風味を香りが引き立てている、木の芽田楽が何よりでございます。それから仄《ほの》かに木の芽が香る、焼き筍の糠漬《ぬかづ》けも熟れたよいお味です」

お涼は少しも臆《おく》さなかった。

最後に訊かれたおやすが、

「あたしはどーれも美味くて美味くて。こんなにのんびり、お花見ができたのは久しぶりですし、春がこんなにいい香りだって思えたのも子どもの時以来です。明るくって暖かい陽射しに、草木が萌え出て、生きものたちが喜ぶ——いいですよね、春って、もう最高ですよ。ああ、何だか、うれしくて楽しくて、また、あたし、踊りたくなっちゃったよ」

ふと洩らすと、

「ならばあの上で踊れ、見たい」

周防守は高座へと促した。

「それじゃ、春の生きものの様子を——。春のお陽様《ひ》、こんにちは、みんな起きて、跳ねて、飛んで、飛んで、それが春っ」

おやすが歌って踊り始めた。

人のはずのおやすの姿が、春を謳歌《おうか》する、さまざまな生きものや瑞々《みずみず》しい木や草の葉に見えてくる。

——やはり、たいしたものだ——

またまた、季蔵は感動したが、終わった後、周防守は、

「ご苦労であった」

労《ねぎら》いはしたが、五平の〝花見幽霊〟のようには褒めず、

「桜餅を好むとは風流な猫じゃな」

桜の葉の匂いを嫌わず、道明寺風桜餅を堪能している虎吉を膝に乗せている、瑠璃の方をいつまでも見ていた。

こうして、烏谷が旗振りをした花見の会は無事終わった。

翌日は雨と風が吹き荒れる春の嵐《あらし》となり、桜は一日にして散ってしまった。

それから何日かが過ぎて、

「よかったよね、花見の日が嵐にならなくて。おいらたちツイてたんだね。ああ、でも、あの花見はたいした評判になってるし、お奉行様が言いだした花見だから、ツイてたのはあっちかもしんないけど」

三吉はしみじみと洩らして、白餡を使った白猫饅頭を仕上げたところだった。

――杉右衛門さんとの約束を果たさなければならない――

杉右衛門の客たちに供して得た天麩羅の代金の半額を、季蔵は茂兵衛に届けたいと思っている。それには主催した烏谷の許しが要る。

季蔵はそのうち烏谷が訪れるだろうと待っていたが、なかなか姿を見せなかった。

――お忙しいのだろう――

そう解釈してこちらから出向くことにしたのは、同じ食べ物を商う者として、仕入れ等、茂兵衛親子が曳く天麩羅の屋台にかかる費《つい》えを案じてのことだった。

――食材の質を落とせば何とでもなるのだろうが、あれだけの仕事を極めてきた、天麩羅名人の茂兵衛さんにはできるはずもない。いつ思い詰めてしまうとも限らない――

季蔵は毅然とした面持ちながら、くすんで見えた茂兵衛の顔色を思い出していた。

稼ぎと仕事の質の間で懊悩《おうのう》した挙げ句、病に倒れたり、〝行き詰まったゆえ〟という書き置きを遺して、自死した職人気質の料理人たちの顔と重なる。

――あの杉右衛門さんに頼ってさえくれたら――

今すぐが無理なら、半額と言わず、全額、茂兵衛親子に渡るようにしたいものだと季蔵は思った。

――そもそも、お奉行様は桜の葉や山菜入手に懐を痛めているわけではないのだ、よしっ――

掛け合って何としてもこちらの言う通りにして貰おうと、両こぶしを固めたところで、話すことになっている水茶屋の前に来ていた。

出迎えた女将に会釈だけの挨拶をして、入ってすぐの階段を上った。

女将は何も告げず、烏谷はまだ来ていなかった。

上座に敷かれた空の座布団を眺めて違和感を感じたのは、こんなことは初めてだったからである。

——わたしの方からお呼び立てしたからだろうか？　いや、前にもそんなことはあったが、それでもお奉行様の方が先に来られていた、これはいったい——

心の中を不安がじわじわと占め始めたが、烏谷が自分を不審に感じる理由は何も思い当たらなかった。

——きっと、思い過ごしだ——

半刻（約一時間）ほど遅れて烏谷は季蔵と向かい合った。

「すっかり待たせたな」

詫びは口にした。

「お疲れのところを申しわけございません」

思わず季蔵が頭を垂れたのは、それほど、烏谷の顔が憔悴《しょうすい》していたからである。

——お奉行様は今、よほどの難儀に見舞われている——

「わしの顔に何か付いているのか？」

烏谷は目をきらっと光らせたが、その表情はどことなく弱々しかった。

「いえ、そんなことは。何日か前の花見の時とは違うご様子なので――」

あわてて季蔵は目を伏せた。

「緊張が過ぎて風邪でもひいたかな。まずはそちの話を聞こう」

烏谷はごほん、ごほんと咳《せき》をしてみせた。

促された季蔵は元天茂亭主茂兵衛の凋落《ちょうらく》と、義弟で廻船問屋滝野屋の主杉右衛門の心痛と配慮を告げた。

「半額と申していましたが、代金分の天麩羅を揚げたのは茂兵衛親子ですし、こちらは身内の助力を託されたようなものなので――」

「わしが支払ったのは花見の日の日当だけだ。そもそも元手などかかっていないことでもあるし、全額、元天茂亭の主に払ってやるがよかろう。ただし、わしからの特別な褒美《ほうび》ということにしておけ。身分を問わず、誇り高きゆえに、身内だからこそ、情けは受けたくないという頑固な心根の者がいるものだ」

「わかりました」

季蔵はほっとしたが、同時に狐《きつね》に抓《つま》まれたような気がしないでもなかった。

季蔵が懸念していたのは、烏谷が惜しんだ半額で私腹を肥やそうとするかもしれないことでは、もちろんなかった。

花見の場所を確保しようとした時、自分の貯えを堤の普請にと差し出したように、この半額がたとえ微少ではあっても、世のため人のために広く使いたいと、烏谷ならではの権利を主張しかねなかったからである。

「他に話はないのか？」

烏谷が腰を浮かせかけた。

――どこかがおかしい――

直感した季蔵は、

「まだ、花見の前にお奉行様から仰せつかった見張り、花見の時の不審な者たちの話をしておりませんが――」

さりげなくかまを掛けてみた。

「そうだった、そうだった」

烏谷はぴしゃぴしゃと自分の額を叩いた。

「しかし、見慣れぬ顔は、わしも見ているぞ。にわか茶屋の中でよくよく見た、あの面白い歌と踊りのおやすだけだ。あの女は江戸生まれで、群れずにあちこち流れて暮らしてきて、江戸に戻ったのだとまでは調べをつけたが、前科はなく、身内はいないし、それ以上はわからぬ。おやすとやら、怪しいといえば怪しいが――。わしはああいうよくわからぬ女は苦手でな。そなたはあのおやすの他に誰か見たのか？」

訊かれた季蔵は一瞬、応えに躊躇《ちゅうちょ》した。

そう言われて、思い当たるのは頼み事をしてきた杉右衛門だけだったからである。

四

季蔵はあの時、自分たちの花見に入り込んできたのはおやすの他には杉右衛門だけだと告げた。

「ただし、偶然にしては出来すぎているような気もします。お奉行様はあの花見に、茂兵衛が天麩羅の屋台を出すことをお洩らしになられましたか？」

義兄親子のためになりたいという杉右衛門の身内ならではの心情を、季蔵は充分汲《く》んでいた。

――できれば杉右衛門さんにだけは疑いの目を向けたくない――

「元天茂亭の主が時季の香りを揚げるというのは、なかなかの趣向なので行く先々で話して回った」

「そうでしたか」

季蔵はほっとした。

――よかった。これで杉右衛門さんがどこかでこの話を耳にし、お奉行様の花見の会の隣りに陣取って、正面切っては受けてもらえない援助を、茂兵衛さんに悟られないよう、わたしに託したことの辻褄《つじつま》が合う――

「なるほど。杉右衛門がこちらの動きを探る目的で、わしらのところを覗きに来たとはゆめゆめ思いがたいな」

すんなりと烏谷は頷いた。

――常はあれこれと疑ってみるお奉行様の言葉とは思えない――

季蔵はまたしても目の前の烏谷に違和を感じた。

「そういたしますと、今後、わたしが見張るのはおやすさんだけですか？」

「まあ、そんなところだ」

烏谷は浮かない表情を隠せなくなり、

「よろしく頼む」

痺《しび》れが切れたかのように立ち上がった。

珍しく丁寧な物言いではあったが、押しが足らずそっけなかった。

「そうでした、これを――」

季蔵は三吉に拵えさせた白猫饅頭だと告げて、風呂敷に包んだ重箱を手渡した。

あれほど白猫饅頭を喜んだはずの烏谷が、

「それはどうも――」

座り直して、包みを解くこともなく、階段を下りていく。

――お忙しいのだ、お疲れなのだ――

不安を消すために、季蔵は何度も自分に言い聞かせた。

滝野屋杉右衛門が塩梅屋を訪れたのは、それから何日か過ぎてからのことであった。

仕込みも昼餉も終えて、一息入れていると、

「お邪魔いたします」

戸口で声がして、三吉が杉右衛門を出迎えた。

季蔵と向かい合うなり、

「義兄への過分なご配慮、まことにありがとうございました」

深々と頭を垂れた。

「売り買いのないものに値はつけられませんから、当然のことをしたまでです。どうか、頭をお上げください」

季蔵は立っている杉右衛門に、床几を勧めた。

三吉がさっと時季の新茶を淹れて出した。

「ここまで春の香りに拘っていらっしゃるとは、さすが、塩梅屋さんですね」

新緑を封じ込めたかのような香り高い新茶は、香りが飛びやすいはかなさもあって、春ならではの格別な茶である。

「恐れ入ります」

「ところで本日はまた、義兄たちのために厚かましいお願いにまいりました」

杉右衛門が新茶を啜る様子は涼やかである。

「わたしに出来ることでしたら——」

「実は是非とも、春牛蒡《ごぼう》でこれぞという料理を作ってほしいのです」

根菜である牛蒡は四季折々で風味が異なる。秋から冬にかけての牛蒡が本来の旬で、この時季の牛蒡は旨味が一番濃い。この後の春牛蒡は、香りが高く、肉質が柔らかいのが特徴であった。

「春牛蒡はそろそろ仕舞いになりますね」

季蔵は心持ち首をかしげた。

──今年は陽気がよくて夏になるのが早そうだ。そろそろ新牛蒡も出てくるだろう──

「夏牛蒡ではいけませんか?」

新牛蒡は夏牛蒡とも言われている。

「夏牛蒡では香りが薄く、その上、やや固いので春牛蒡でお願いします。是非とも姉の祥月命日に供したいのです。姉が亡くなったのは春の盛りの頃でした。昨年が三回忌でした」

「滝野屋というあなたの屋号はもしや、滝野川で生まれたからでは?」

「その通りです。ですのでわたしも滝野川がなつかしいのです。わたしを可愛がってくれた、あの世の姉もきっと同じ思いでしょう。滝野川といえば牛蒡で知られたところです。幼い頃から菜は牛蒡ばかりで、その時はうんざりしていましたが、今となっては、特に食べられる時季が短い春牛蒡が思い出されてなりません。春牛蒡を使った絶品で義兄と祥月命日の膳《ぜん》を囲んで、わたしの思いに姉を重ねられれば、今後の頼りにしてくれるのではないかと思います。わたしは義兄親子にもう一度、花を咲かしてもらわなければ、あの世の姉に合わす顔がなく、死んでも死にきれません」

杉右衛門の切実な想いに季蔵は感じ入った。

「わかりました。おっしゃるような逸品が仕上がるかどうかわかりませんが、精一杯、力を尽くさせていただきます」

「ありがとうございます」

杉右衛門は声を湿らせた。

帰っていくその後ろ姿を見送った三吉は、

「牛蒡に春や夏があるなんて、おいら、今までぴんと来なかったよ。大根には冬のと夏のがあって、そもそも種類が違ってて、冬大根はそこはかとない甘味があって柔らかく、べったらにすると最高、夏大根は蕎麦《そば》なんかの薬味にする辛味大根だよね」

春牛蒡の献立に迷い、筆を手にしたまま紙を見つめている季蔵を案じるように見た。

「祥月命日が迫り、春牛蒡の旬にも終わりが近づいている。もう、あまり時がない、急がないと」

呟いた季蔵は眉間《みけん》に皺《しわ》を寄せて以下のような献立を書き記した。

春牛蒡膳

口取り　春牛蒡の塩昆布炒め

お造り　春牛蒡のお造り風

煮物　鰹《かつお》のアラと春牛蒡の炊き合わせ
揚げ物　春牛蒡の小枝見立て
　　　　春牛蒡の擂《す》り身揚げ
　　　　春牛蒡の竜田揚げ
酢の物　春牛蒡酢
飯　春牛蒡飯
汁　春牛蒡汁

「あれっ？　祥月命日の膳なら、精進料理じゃないの？」

三吉が首をかしげると、

「そこは、ご容赦願った」

「まあ、精進料理ってちょっと味気ないもんだしね。わっ、揚げ物が三種類もある。おいら揚げ物が大好きだから、いいな、こういうの——」

季蔵は三吉に杉右衛門と茂兵衛親子の話を、花見での頼まれ事から始めて、一つ一つ順序立てて話した。

「なーんだ、そうだったのか。おいら、茂兵衛さんたちが隣りの花見の料理も引き受けてたんだとばかし思ってたよ。それにしちゃあ、どうして、うちの方の桜の葉や山菜が使われちまうのかなって？　そういう横流しはずるいよって、言いたかったけど、場の雰囲気を壊すと思って我慢して黙ってたんだ。それに山菜なんかは残っても持たないし――」

三吉がうれしげな表情になったのは、こうした事情を話して貰えて、自分を大人扱いしてくれたと感じたからであった。

「そーなると、おいら、見えてきたよ。季蔵さんが春牛蒡で揚げ物を三種類も拵えるのは、天麩羅名人の茂兵衛さんの名人魂を奮い立たせるためだよね」

「それもあるが、この春牛蒡膳では、揚げ物以外の他の料理はすべて、春牛蒡の香りを大事にするつもりでいる」

「ってことは、他の食材はあんまり使わないってこと？」

「一種か、多くても二種止まりにして、味付けもあっさりといきたい」

「それじゃ、揚げ物もあっさりなの？」

「他の料理はと言っただろう？　揚げ物だけはわたしなりに凝りに凝ってみたい。そうしないと、この膳があまりに味気ないものになる。華を添えたいんだよ。香り命の春牛蒡をいじり過ぎるのは邪道だなんて言われて、茂兵衛さんに嚙みつかれたら、しめたものだ」

「〝そんなら、もっと美味い揚げ物、食わせてよ〟って言い返せるもんね。茂兵衛さんのやる気に火を点《つ》けられる」

「まあ、そんなところだ」

――少々、生意気にもなったが三吉は一歩一歩、着実に前に進んでいる――

季蔵は微笑んだ。

翌日から早速、春牛蒡が仕入れられ、試作が始まった。

「まずは春牛蒡の塩昆布炒めからやってみるとしよう」

五

春牛蒡の塩昆布炒めは牛蒡と塩昆布だけで拵える。

まずは春牛蒡の皮をこそげ、ささがきにして、水に放つ。春牛蒡の厚さは薄めがいい。水を軽くきり、鍋に入れる。中火で乾煎《からい》りしていく。水は加えず、春牛蒡の持ち合わせている水分だけで炒め上げると、春牛蒡の繊細な風味が逃げずに凝縮する。くれぐれも焦がさないように注意して、しんなりするまで炒める。

火を止めて、塩昆布をまぶす。量は好みである。

「どうだ？」

季蔵は三吉に食べさせてみた。

「美味しいよ」

褒めながら三吉は首をかしげている。

「何か？」

季蔵も舌の上に一箸分を載せてみた。

「うーん」

咄嗟に苦い顔になった。

「やはり駄目だな」

両腕を組み合わせた。

「こういうの、独活《うど》の料理にあったような気がする」

三吉が呟き、

「ようは今、市中で出回っている春牛蒡じゃ、香りが薄すぎるんだな」

「あ、でも、春牛蒡らしく、柔らかいことは柔らかかったよ」

「それは薄く切り揃えてよく炒めたせいだろう。お造り風にしてみるとそうではないかもしれない」

季蔵は春牛蒡のお造り風に取りかかった。

これは春牛蒡だけで作られる。

千切りにした春牛蒡をさっと茹で、すり胡麻、味醂《みりん》、醬油、胡麻油と温かいうちに合わせ、冷めてから炒り胡麻を飾って供す。

試食した三吉は、

「ま、歯応えはあるけど――香りも薄くてますます独活の味に似てきた」

箸を止めた。

「ここに居て、手に入る春牛蒡では駄目だ」

季蔵が言い切った時、

「ごめんなさいよ」

油障子ががらっと鳴って、にゃん饅屋のおやすが走ってきたのか、髪を乱している。

「大変、大変」

「すみません、今はおもてなしできるものがございません」

季蔵の詫びの言葉に、

「食べに来たんじゃないってば」

おやすは口角泡を飛ばして、

「ちくま味噌の乳熊《ちくま》屋の御隠居さんが、このすぐ近くの稲荷《いなり》で倒れてて、大変なことになってるんだよ。あたしが通りかかって見つけたんだ」

「それは大変だ」

さっと前掛けを外した季蔵は、おやすと共に稲荷へ急いだ。

「報《しら》せるのは番屋と乳熊屋さんだろうとは思ったんだけど、塩梅屋さんが近くにあることを思い出して――」

「大事がないといいのだが――」

乳熊屋の隠居は、手水鉢の前でぱったりと横向きに倒れている。

季蔵は咄嗟に息と脈を確かめた。

「生きておいでです」

「ああ、よかった」

おやすは飛び上がって喜んだ。

季蔵は仔細《しさい》に怪我《けが》をしていないかと調べたが、血はどこからも流れておらず、打ち身もなかった。

「稲荷に立ち寄った時、持病でも出てこのように？」

「そんなところでしょう」

季蔵は隠居を抱き上げて塩梅屋の離れへと運ぶと、客の一人でもある町医者を呼んだ。

「これは眠っているだけです」

酒好きで宵っ張りの父親に代わって、息子が往診に来てくれた。

「年齢《とし》を取って倒れると、眠ったままあの世に行くっていいますよ、ほんとに大丈夫なのかい？」

おやすが食い下がると、

「この方が倒れたのは卒中などではなく、これは推測ですが、眠り薬によるものではないかと思います。ですので、よくよく深く眠って目が覚めた時は、以前よりも元気を回復しているかもしれません」

明確に応えて薬等の処方もせずに帰って行った。

「お邪魔してすみませんが――」

おやすは隠居が目覚めるまで付き添いたいと言いだした。

「そちらの商いの方はいいのですか？」

「かまわないよ。八ツ（午後二時頃）までと看板を出してても、朝一で煉《ね》り上げる、猫顔を作る生地がたいていは昼過ぎで、なくなっちまうんでね。一人暮らしだし、欲はかかない商いが好きなんだよ。ああ、でも、今日は猫饅頭の中身の小豆や白いんげん豆がなくなって、買いに出てここを通ったんだ」

「お一人で何もかもなさってるんですか？」

「何せ、小さな商いだもの」

「乳熊屋の御隠居さんは知り合いですか？」

「ご贔屓にしていただいている大事なお客様なんだよ。稲荷の前を通りすぎるだけじゃ、御隠居さんが倒れてるなんてわからないでしょ。でも、いつになく、中へ入って手を合わせてみようと思ったのは、虫の報せだったんだよ」

そこまで話して、やっとおやすはふうと安堵《あんど》のため息をついた。

この日は季蔵も長屋に帰らず店の小上がりで寝た。空が白みかけて目が覚めた時、

「季蔵さん、季蔵さん、御隠居さんの目が覚めたよ」

おやすの特徴のある声が響いて、季蔵は離れへと飛んで行った。

蒲団《ふとん》の上に隠居が身体を起こしている。

「ああ、よく眠った」

ふわふわと満足そうに笑った。

「いい気持ちだ、それに腹が空《す》いた」

「それでは早速、ご用意いたします」

季蔵が朝餉の好みを聞くと、卵かけ飯だと隠居は応えた。

幸い卵は昨日買ったばかりだったので、早速、飯を炊きあげ、梅風味の煎り酒を垂らし生卵をかけまわして供した。

御隠居はこれを二膳、悠揚迫らぬ様子でゆっくりと平らげ、新茶でしめると、

「ここは乳熊屋《うちや》ではないようだ、そうだ、わしは呼ばれて稲荷に行ったんだった」

やっと昨日の出来事を思い出してくれた。

「誰に呼ばれたのです？」

季蔵は訊いた。

「子どもだ、使いに子どもが来た。そらで覚えさせられたのだろう、こう言った。〝お祖父《いじ》ちゃんの気鬱《きうつ》は、猫だけでは治らないよ。木原店の聖天《しょうでん》稲荷に詣《もう》でて、手水鉢の水を飲んで地べたに横になればきっと治るって〟。わしはこのところ、気持ちが暗くて、死にたくなることもあったから、藁《わら》にもすがる思いで言う通りにしたんだが、本当にその通りになった。これはきっと神様のお恵みだ」

隠居はさらりと言ってのけ、この後、ちくま味噌からの迎えの駕籠《かご》と一緒に主である息子が挨拶に訪れた。

「親切にしていただいてありがとうございました。おとっつぁんはここ何年か、忠臣蔵の四十七士が抗議の夢枕に立つと言い張り、毎年、二月四日を挟んで、春中重い気鬱に罹り、

眠れぬ日々を過ごしていたんです。ですから、いなくなった時は、もしかしてと、心配でなりませんでした。ですから昨日お報せをいただいた時は、本当にほっと致しました」

すっかり笑いを取り戻した隠居は、まだ、不安そうに見つめている息子に、

「心地よい夢を見させてもらっていたんだ。あれは極楽の池に違いない。猫たちがずらりと綺麗な蓮池《はすいけ》の周りを取り囲んでいた。明るく目映い光の先に、有り難い仏様の大きな手が見えた。数えて四十七匹。ああ、四十七士の霊はもとより、永らえて繁盛してきた乳熊屋や、わしらを少しも恨んでなぞいなかったとわかった。極楽の庭で仏様に見守られて遊ぶ、幸せこの上ない猫たちになったのだから——。よかった、よかった。これでこの先も乳熊屋は安泰だ」

威勢よく、ぱんぱんと両手を合わせて見せた。

息子の方は、

「使いの方からの文に、あなたが倒れている父を見つけてくださったのだと書かれていました。この時季とはいえ、父は老体ゆえ、稲荷の境内で夜露に濡れ続けていては、このように達者ではいられなかったかもしれません。この通りです」

おやすに向かっても頭を垂れた。

「たまたまですよ」

おやすが恐縮すると、

「そうだ、四十七士全員を猫の顔にしたにゃん饅をあんたに頼みたい。あんたならできる。

そうすれば、きっと、泉岳寺に眠る御霊たちのよい供養になるはずだ」

隠居は目を輝かせて、

「おとっつぁん、あれだけ飼えばもう充分でしょう?」

息子が苦い顔をすると、

「あと十五匹ほど猫を飼うぞ。四十七匹揃えば忠臣蔵との関わりで知られている、うちの商売繁盛にもつながる。おまえに〝飼うな〟などとは言わせないからな」

強気に押し切った。

六

季蔵はおやすと一緒に乳熊屋親子を見送った。

「四十七士を模した猫の四十七匹とは大変ですね。絵が残っていて、顔がわかっている人たちはそう多くはないし、その絵にしても探しきれないでしょう」

季蔵が案じると、

「御隠居さんは飼っている猫たちとこれから飼う猫たちの顔をにゃん饅に作れば、得心してくれると思うよ。それに四十七士についての話は沢山、残ってるでしょう? 昼行灯《ひるあんどん》を演じてた大石内蔵助は狐に似せた猫、勇ましい堀部安兵衛は猫の顔を強い番犬に似せてとかね――。だから、きっと何とかなるわよ」

「よくもそんなに様々な猫の顔が作れますね」

「猫好きなんだよ。それに、お客さんに飼ってる猫の顔をにゃん饅にして渡すと、〝ほんと、食べちゃいたいくらいこの仔が可愛い〟っていうようなこと言う人がいるんだけど、その時のその人の顔がまた好きなの。蕩《とろ》けそうな優しい笑顔なんだもん。あたし、あの御隠居さんのそんな笑顔、何度も見てるけど、全然飽きない」

「たしかに人が優しくなれる時は素晴らしい」

「でしょう？」

「四十七匹のにゃん饅で御隠居の春患いが治ることを祈っています」

「任せといて」

そう言い遺しておやすは帰って行った。

季蔵は離れに戻ると、隠居の使った夜具を片付けながら、乳熊屋と四十七士の因縁について考えていた。

――見事、主君の仇を討った四十七士といえども、公の仇討ち状を取り付けていたわけではなかった。回向院《えこういん》は巻き添えで咎《とが》められることを恐れて、固く門を閉ざしたというのに、乳熊屋は四十七士たちを立ち寄らせ、甘酒粥《がゆ》でねぎらったと言われている。初代竹口作兵衛義道は、吉良を討って遂げた本懐を高らかに詠んだ、四十七士の一人大高源吾とは俳諧友達で、そのよしみで裏庭を義士たちに使わせたのだろう。以後、仮名手本忠臣蔵の名で、舞台や読本で広まった四十七士人気は、過熱した。罪人と見なされ、切腹を命じられた四十七士の魂が成仏できていないのではないかとまで、御隠居さんが思い詰めたのは、乳熊屋には何のお咎めもなく、義士を讃《たた》えた義の店として、巷《ちまた》の人気を勝ち取り、代々繁盛してきているからだろう。となると乳熊屋は忠臣蔵と四十七士の一端を担っている——

そこまで考えの整理が進むと、疑問がふつふつと沸きあがってきた。

——これと口入屋の与五郎とごろつきの作蔵殺しはどう関わるのか？　この二人が四十七士ゆかりの萬年橋と永代橋で殺され、作蔵の片袖には下手人の仕業だと思われる、大高源吾の句が書かれた紙が入れられていた。子どもを使って、乳熊屋の御隠居さんを呼び出して眠らせたのも、こやつらと同じ下手人ということになるのだろうか？　忠臣蔵という一つの点で解いていくと、この答えしか出てこない——

季蔵は与五郎、作蔵殺しと今回の隠居の一件に違和感を覚えている。

常ならば烏谷の意見を聞くべきところだった。だが、水茶屋で会った烏谷には一抹の不安を拭《ぬぐ》いきれずにいた。

その思いは松次に対してもある。

——松次親分はわざと事件に向かう気を逸《そ》らしているような——

文の宛名《あてな》は田端宗太郎に決めて、季蔵は乳熊屋の隠居の身に起きたことの顛末《てんまつ》をしたためた。

「季蔵さん、季蔵さん」

松次が長屋の油障子を叩く音で目覚めたのは、その翌々朝のことであった。

「何かありましたか？」

季蔵は戸口で松次と向かい合った。

「田端の旦那に頼まれたんだ。ちょいと大鋸《おおが》町の松蔵《まつぞう》長屋まで来てほしいんだよ」

「わかりました」

素早く身支度した季蔵は松次と共に大鋸町へと歩き出した。

「乳熊屋の隠居の話は田端の旦那から聞いたよ」

その物言いに、季蔵が自分を飛び越えて田端に報せた事実への恨みは籠もっていなかった。

季蔵は無言でいる。言葉で取り繕いたくなかったからである。

「このところ、俺はどうかしてて、あんたが文を田端の旦那宛にすんのも、しごくもっともだって思ってる。女のせいでおかしくなってる奴は、俺だって相手にしねえもんな」

「おやすさんのことですか？」

「いい年齢をしておかしいか？」

「いいえ、おやすさんはにゃん饅作りの他に、歌、踊り、幾つも惹かれるところのある女《ひと》です」

「あのおやすと俺とはな、幼馴染みなんだよ。飛び抜けて器量の好い方じゃあなかったが、若い頃は結構可愛くて、気性は今と変わらねえ、いや、もっときかん気だったかな。おとっつぁんてえのは長屋住まいの浪人で、一応はお武家の娘だってえのに、手習いや稽古《けいこ》事をなまけて休むなんてのは朝飯前、こっそり野良猫を飼ったりして親に大目玉を食らってた。相当な跳ねっ返りさ。だが、一時でもこのおやすと話してると、見える先がぱーっと明るく、広くなったような気がしたもんさ」

「歌と踊りはその当時からお上手だったのですか？」

「そうさね、気が向くと、自分で考え出した何だかわかんねえ歌や踊りを見せてくれた。身が軽くてしなやかで、まるであいつの好きな猫みたいだったさ」

「にゃん饅の方は？」

「そいつは知らねえな。一人娘で両親が案じるってわかってるのに、〝旅に出たくなりました、行きます、さようなら〟なんていう書き置きを残して、不意に江戸から姿をくらましてたんだから。そっけないその書き置き、俺んとこにも同じのが来たんで覚えてんだよ。若い俺はぞっこんだったから応えたよ。もう、女なんかに熱くなるのは、金輪際止めとこうって思ったね」

「それから今まで何の音沙汰《おとさた》もなかったのですか？」

「いいや、出てった時と同じで、不意に戻ってくるんだよ。この二十年かそこらの間に三回は江戸で見かけた。そう、あいつんとこと俺んとこの墓が同じ寺でね、墓参りでばったり会ったんだ。十年ぶりだったんだが、おやすは少しも変わっちゃいなかった。何ていうか、昔と同じ強ーい気みてえなもんを、紅白粉《おしろい》の匂いの代わりに漂わせてて、〝両親の死に目には会えなかったけど、どうせ、あの世に行けば会えるんだからいいのよ〟なんて茶化しちゃって、墓の前で歌って踊ってくれたよ。たしか、題して〝あの世猫〟だった。こっちは昔と違って、世の中の倣いにがんじがらめになってたから、相変わらず変わった奴だとしか思えず、歌や踊りもおやすもちっともいいとは思わなかった。そのはずだったんだが――」

「やはり、まだおやすさんを想《おも》っておいでのようですね」

「死んだ女房との間に出来た一人娘が遠くへ嫁に行っちまって、寂しいんだろうよ。寂しいから昔の女が気になって、お役目がそぞろになるなんざぁ、俺としたことがみっともねえよな。年齢は取りたくねえもんだ。どうせ、また、雲か風のようにいなくなっちまうんだろうにな」

松次は自身を嘲《あざけ》るかのような物言いで締め括《くく》った。

松蔵長屋の木戸が見えてきていた。

先に立って路地を歩いていた松次は、棟割長屋の一番奥で足を止めた。

「季蔵さんを連れてきやしたよ」

がたぴしと音を立てて油障子を開けると、田端が土間に両足を突き出して板敷の端に腰かけているのが目に入った。

その後ろには額に髪が一筋落ちている浪人髷《まげ》の男が胸を押さえて横たわっている。

その顔色は青く、全身が硬直しているように見えた。

「すでにこやつは骸になっている」

田端が告げた。

「名は矢崎左門《やざきさもん》、萬年橋で殺された口入屋大津屋与五郎のところの用心棒だよ。滅法強くて〝人斬り左門〟という異名さえある奴でさ」

松次が素性を伝えた。

田端は立ち上がって土間に立ち、板敷に上がった季蔵は骸を四方から眺めて検《あらた》めた。

「血も流れておりませんし、これという傷はどこにもありません」

季蔵は酒の入った大きな徳利と傍《そば》に転がっている湯呑《ゆの》みを見据えた。

「毒死ではある。だが、これらの匙《さじ》はこやつの口の中で黒くなったが、酒に浸してはこの通りだ――」

田端は持参している銀の匙二本を見せた。一方は黒く変色しているが、もう片方は銀の輝きを失っていない。

「するってえと、この徳利に毒は入ってねえと――」

松次は唖然《あぜん》とした面持ちで田端を見て、

「そんなら、いってえどこに毒が？」

頭をかしげて、

「もしやね――」

田端から借りた匙で両耳、両鼻等の穴を調べたが、匙の色は変わらなかった。

「やはり、これは飲み食いで入れられた毒だと思います」

言い切った季蔵は丹念に骸の両手を見た。

「右の掌《てのひら》に黒と赤の染みだけで、食べたもんが何だか、わかるといいんだが、見当もつかねえよ」

「黒と赤の染みが付いています」

松次の嘆きに、

「そうですね」

季蔵は同調するしかなかった。

七

「与五郎が殺された後の大津屋は店仕舞いですか？」

季蔵はふと気に掛かった。

「与五郎、作蔵が四十七士ゆかりの場所で殺されたのは、奴らの悪事の片棒を担いでる黒幕の口封じだというのが、お奉行様の読みだ。ところで与五郎に家族は居らず、すぐに大番頭だった勘助《かんすけ》が主におさまった。三十路前のまだ若い男だが、与五郎の懐刀で、引き受けた汚れ仕事を仕切っていたのはそいつだ」

田端が答えた。

「その勘助とこの矢崎左門とは？」

「矢崎は勘助の下で自在に操られていたはずだ。与五郎に対して忠義を励んでいるふりをしていた勘助が黒幕で、大津屋を乗っ取るために、矢崎を使って与五郎たちを殺させ、さらなる口封じにその矢崎も殺したのでは？」

「ですが、与五郎の下に勘助がいて、作蔵はその下でしょう？　与五郎と作蔵が顔を合わせることなどあったでしょうか？　店の乗っ取りなら作蔵まで殺すことはなかったのでは？」

季蔵は首をかしげた。

「与五郎殺しを見たに違いありやせんや」

松次の応えに、

「いや、あの二人が殺されたのは同じ日の早朝だ。下手人は義士ゆかりの萬年橋と永代橋で、落ち合う約束をしていたにちがいない。作蔵は巻き添えで殺されたのではない」

田端は言い切った。

「それと、旦那、与五郎、作蔵の傷は匕首と刀の両方でしたけど、〝人斬り左門〟の矢崎一人で苦もなく殺せる相手でさ。異なる傷の様子から、下手人は二人ってことになってますけど、これに矢崎が絡んでるとすると、悪いこいつのせいでさっぱり解せやせんよ」

松次は握った拳《こぶし》でぽかりと自分の頭を殴った。

「勘助と矢崎の二人で与五郎、作蔵を殺《や》ったのだとすれば、辻褄《つじつま》の合わぬことではないのだが――」

田端はうーむと唸って腕組みをした。

「たしかに松次親分の言う通り、矢崎が手練《てだ》れだったとすると、何も勘助まで加勢する必要はないように思います」

季蔵は松次に同調した。

「そうなのだ」

田端の眉間の皺が深くなって、

「我らは見当外れの調べをしているかもしれぬな」

ああと大きなため息をついた。

戸板が届いて矢崎の骸が番屋に運ばれて行った。

「朝餉はまだでしょう？　塩梅屋にお立ち寄りになっては？　わたしもこれから店に出て飯を炊くつもりです」

季蔵の誘いに、

「そりゃ、いいね」

一人暮らしの松次は相好を崩し、

「ねえ、旦那」

相づちをもとめられた田端は、

「そうだな」

ほっとした表情になった。

酒が飲みたい気分だったのだが、朝から飲んだりしては、身体のことを心配する妻の美代にいい顔をされず、我慢するしかないと諦めていたのである。

塩梅屋に着いた季蔵は飯炊きをする一方、拍子切りにした春牛蒡にさっと熱湯をかけて目笊《めざる》に上げておき、人参《にんじん》をほぼ同じ大きさに切り揃える。

鉄鍋に胡麻油を熱し、人参をしんなりするまで炒めて、砂糖、酒、味醂、醤油、少々の鷹《たか》の爪《つめ》で調味した後、笊の春牛蒡を加え、さっとかき混ぜて火から下ろす。

「変わったきんぴらだね、牛蒡がちょいと独活みたいに頼りねえが、よくよく味わってみるとなかなか粋な味だ。泥臭い牛蒡とは別物みたいだ」

すっかり、春牛蒡のきんぴらが気に入った松次はひたすら飯の代わりを望み、田端はといえば黙々と湯呑み酒を重ねた。

満足して二人が店を出て行くと、

「牛蒡を炒めないきんぴらって、おいら初めて見たよ。たしかにこうすると、香りが熱で逃げないから、山菜なんかに似たいい春の香りがぷーんとするよね」

早速、三吉が昼の賄い代わりに試食した。

その三吉を使いに出して、やり残していた、今日の仕込みの続きをこなしていると、

「お邪魔します」

聞き慣れた声がして戸口が開いた。

花見で〝花見幽霊〟の噺を聞かせてくれた元噺家松風亭玉輔、廻船問屋長崎屋の主五平が入ってきた。

「先日はいいお噺を聞かせていただきました。ありがとうございました」

頭を垂れた季蔵は、

「そういえば、そろそろ先代の月命日でしたね」

噺家志望ゆえに勘当した一人息子と長崎屋の行く末を案じつつ、この時期に命を落とした五平の父五郎右衛門《ごろうえもん》の好物に思い当たった。

「素晴らしいお噺のお返し代わりに、どうか、召し上がっていってください」

季蔵は苦労して一代で財を築いた五郎右衛門の好物で、少々、捻《ひね》った一品を作ることに決めた。

ところが、

「しかし、今日はいただきに来たわけではありませんので――」

五平の目は輝かず、態度は緊張気味で口調は改まっている。

――どうしたことか？――

季蔵は心の中で首をかしげつつ、

「でも、お父様への供養の気持ちですから」

押し切って、鰹のアラと春牛蒡の炊き合わせを作り始めた。

この〝医者殺し〟は生前の五郎右衛門がこよなく愛した魚料理である。

魚の種類は問わないが、秋刀魚《さんま》、細魚《さより》、梭子魚《かます》等、胴体の細い魚はあまり適さない。

魚を三枚に下ろして残るアラを使った煮魚料理であるゆえである。

骨に薄くしがみつくように付いている魚肉の旨味《うまみ》を、一箸一箸突いて取って胃の腑《ふ》におさめた後、たっぷりと魚の滋養が沁《し》み出ている煮汁を熱い湯で伸ばす。

〝これをふうふう、息を吹きかけながら飲み干せば、風邪なんてたちまち吹き飛んで、金がかかる医者などいらなくなるほど、元気が湧《わ》いてくるのだよ。金のなかった若い頃は、とにかくこれが良薬だったのさ〟と五郎右衛門は感慨深げに話していた。

醤油と味醂、酒、砂糖で煮る鰹のアラのいい匂いがたちこめている。

秋の牛蒡ならば、酢であく抜きした後、ここに加えて炊き合わせるのだが、柔らかであくが少ない春牛蒡はさっきのきんぴら同様、拍子切りにし、さっと湯通しした状態で、アラ煮の煮汁を染みこませる。

「あの父の〝医者殺し〟――」

五平は知らずと箸を手にしている。

「召し上がってみてください」

ゆったりとした箸遣いで食べ終えた五平は、

「春牛蒡の味付けが絶品です。これは春の〝医者殺し〟ですね」

満足そうに微笑んだ。

「もう、少し驚いていただきましょうか」

季蔵はささがきにした生の春牛蒡一摑みを、骨だけになった鰹のアラの上に載せて、湯の代わりに、やや薄目に入れたほうじ茶を注いで供した。

「春の土の匂いがこんなによいものだったとは――。言い直します。これは春の〝医者殺し〞ではなく、春の香りの〝医者殺し〞です」

五平は最後の一滴まで残さずに啜り、

「普段はできない、この上ない供養をさせていただきました」

深々と頭を垂れた。

「とんでもない、どうか、頭をお上げになってください。お忙しい身で、何かきっと、大事なお話があるご様子なのに、こちらの想いばかり押しつけてしまい、申し訳なく思っています」

季蔵の言葉に、

「申し訳ないなんて——、そんな、そんなことを季蔵さんがわたしにおっしゃってはいけません」

五平は床几からいきなり立ち上がると、

「申し訳ございませんでした。この通りです」

土間に座ると両手を突いて頭をさらに深く垂れた。

「いったい、どうなさったのです」

思わず季蔵は駆け寄った。

「わたしはあなたに対して、これ以上はないと思われるほど、罪なことをしてしまいました。今更、そんな気は毛頭なかったなどと言い逃れるつもりはありません」

五平は青ざめきっている顔を上げると、

「ですので、わたしはあなたからどんな罰でも受ける覚悟でやってきました。妻子のことは案じられますが、おちずは、下の子を授かってからというもの、子育ては大変だと文句を口にできるほど、ゆったりと構えられるようになり、ああ見えて、しっかり者だったのだとわかりました。わたし亡き後も、店を切り盛りして何とか子たちを育ててくれるでしょう。季蔵さんは元はお侍でしたね。刀をきっとまだお持ちでしょう。その刀をここへお持ちになって、今すぐわたしを成敗なさっても、決して文句など言い立てぬよう、おちず宛の文もしたためてまいりました」

沈痛な面持ちで続けた。

「ここは誰もが生きるために大事な食べ物を料理して、美味しく召し上がっていただこうという場所です。揉《も》め事や血は似合いません。わたしの刀といえば、とっくに質流れになってしまい、どこを探してもありません」

季蔵は言い聞かせるような口調になった。

「そんな風におっしゃることができるのは、あなたが今、起きていることを御存じないからです」

腰掛けているだけだというのに五平は息を上がらせた。

「いったい何が起きているのですか？」

五平の様子に釣られて、季蔵は胸の辺りが苦しくなった。

「ああ、それは――」

五平は言い淀んだ。

「あの花見の席で、実はわたしが知らずと周防守様のお怒りに触れてしまい、この先、お咎めが下って命でも取られるのでしょうか？　それとも、五平さんの噺がよすぎて、わたしの料理が劣ったとかでは？　料理で体調を崩されたのかも——」

季蔵は何とか真実を引きだそうとしている。

「あなたの料理に非があったという話は聞いておりませんし、そんな優劣だけでお咎めが下るのはおかしな話です」

「わかりません、皆目見当がつきません」

「お奉行様にお尋ねになったらわかることですが——」

「そのお奉行様もこのところ、何というか、ご多忙が過ぎるのでしょうが、常のようではないのです」

「それはそのはずです」

「お奉行様も関わることなのですね」

「あなたとお奉行様、そして、周防守様と瑠璃さん——すべてはわたしが播《ま》いた種です」

「瑠璃に何か？」

この時、季蔵は冷たい刃に首筋を撫でられたような気がした。

——何で瑠璃なのだ？——

「近く、瑠璃さんは北町奉行烏谷椋十郎の養女として、アゲハ屋敷へ輿入《こしい》れされます。周防守様はわたしの〝花見幽霊〟を聴いて、あの場で桜模様の晴れ着を身につけていた瑠璃さんこそ、噺の中に出てくる刀研ぎの親方の姪で、亡くなった奥方様の化身だと確信されたそうです。わたしは昨日、お奉行様に呼ばれ、瑠璃さんを招いての宴で、また、あの噺をするよう命じられました。すべてはわたしの噺のせいです。申し訳ございません」

五平はがくりと首を垂れて蹲《うずくま》り、季蔵は背後から石で頭を殴りつけられたような衝撃を覚えた。

第四話　天麩羅魚

一

「これはもうわたしの口から出た錆《さび》で、いや、こんな時に洒落《しゃれ》を飛ばすべきではありませんね、申しわけありません、ほんとうにすみません」

五平《ごへい》が繰り返し詫《わ》びて店を出て行った後、

──これは何を置いても、今すぐお奉行様にお会いしなくては──

季蔵《としぞう》は身支度を始めた。

常ならば、今頃、烏谷《からすだに》は北町奉行所に詰めているはずである。

隠れ者という秘された役目上、今まで季蔵は奉行所の烏谷を訪ねたことはなかった。奉行所の役人たちの目に、烏谷との関《かか》わりが料理人と客以上のものに映ってはまずいからである。

──そんなことは気にしていられない──

季蔵が店を出て行こうとした、まさにその時、烏谷からの文が届いた。

今宵《こよい》、常のようにそちらへ行くゆえ、よろしく。

烏谷椋十郎《りょうじゅうろう》

——やられたな——

〝花見幽霊〟の噺をまた聴きたいという周防守《すおうのかみ》の頼みを、五平に伝えたのは烏谷以外に考えられない。

——この時、瑠璃《るり》の輿入《こしい》れの話をする羽目になったのだろう。五平さんとわたしの間柄を知っているお奉行様は、瑠璃のことを耳にしたわたしが当然、奉行所に押しかけてくるだろうと踏んで、こうして抜け目なく文を届けてきたのだ——

如何《いか》にも烏谷らしい読みと先手ではあったが、季蔵はこのあざとさが癇《かん》に障った。これほど強く、心底、烏谷が憎いと思ったのは初めてである。

「どうしたの？　季蔵さん、顔が真っ青だよ。こんなにいい陽気なのに風邪《かぜ》でも引いたの？」

使いから戻ってきた三吉《さんきち》が案じた。

「時季外れの悪い風邪だと、お客様方に伝染《うつ》したりしては申しわけない。医者に行ってくる」

季蔵の方便に、

「へーえ、季蔵さんがお医者に行くなんて珍しい」

三吉は目を丸くした。

季蔵は仕込みを三吉に任せて、瑠璃がいるお涼《りょう》の家へとひた走った。

「季蔵です、お願いです、瑠璃に会わせてください」

門の前で季蔵が大声を張り上げると、出てきたお涼の背筋は常にも増してぴんと伸びていた。

「旦那《だんな》様の言いつけでお会わせすることはできません」

お涼は硬い表情で言いきった。

「それなら、あなたの口から聞かせてください。瑠璃が近々、周防守様のところに輿入れするというのは本当なのですか？」

季蔵はお涼に確かめずにはいられなかった。

「そのように聞いています。けれども、わたしはこれには何か深い理由《わけ》があるはずだと思っています。わたしの知っている旦那様は、やっと巡りあえたあなたと瑠璃さんの仲を、無残に引き裂いて平気でいられる人ではありません。烏谷椋十郎にも温かい人の血が流れているはずなのです。どうか、わたしの言うことを信じて、今日はお引き取りいただけませんか？　これはこちらからのお願いです。どうか——」

断りを口にしたお涼は深々と頭を下げたまま動かない。

——この女《ひと》もわたしが瑠璃を想《おも》うように、強く愛《いと》おしくお奉行様を信じておいでだ——

お涼のその姿に言葉を無くした季蔵は、踵《きびす》を返すほかなかった。

烏谷は暮れ六ツ（午後六時頃）の鐘の音が鳴り終える前に、

「邪魔をする」

塩梅屋《あんばいや》の暖簾《のれん》を潜《くぐ》った。

「こちらへ」

季蔵はやっとの思いで怒りを押し殺して、相手を離れへと案内した。

烏谷はいつものように線香を上げて、長次郎《ちょうじろう》の位牌《いはい》に向かって手を合わせた。

その後ろ姿を見守る季蔵の表情は険しい。

巨体に似合わぬ意外な機敏さで、くるりと振り返った烏谷は、

「ほう、そちはわしが長次郎の位牌を拝むのも許さぬというのか？　申しておくが、このたびの一件は長次郎とは何の関わりもないのだぞ」

やはり、また先を制した。

「たとえ関わりがなくとも、とっつぁんもまた、あなたの隠れ者であっても、生きていれば必ず、わたしと怒りを分かち合ってくれるはずです。これはあまりに理不尽なさり様ですから」

季蔵は少しも表情を和らげなかった。

「瑠璃にはアゲハ屋敷に行ってもらわねば困る」

烏谷は季蔵の視線を避けるかのように畳に目を落とした。

「なにゆえ、そのような人身御供《ひとみごくう》が必要なのです？」

季蔵は声を荒らげた。

「花見の宴にお招きする際に洩《も》らしたと思うが、奥方様を亡くされてすっかり、心の張りを失ってしまわれた周防守様に、今一度ご奮起していただくためだ。老中職を退かれたとはいえ、周防守様にはまだまだお力がおありになる。この何年間か天候不順で大雨や嵐《あらし》が多く、家や職を失い物乞《ものご》い同然になった者たちが増えている。市中では貧富の差が増すばかりだ。これを是正するには、何としても、近々に堤防等の普請を行わねばならぬのだが、知っての通り、お上やお大名方の懐具合は厳しく、いかんせん金が足りない。富んでいる商人たちの固い財布の紐《ひも》を緩めさせることができるのは、長く老中職にあって、酸いも甘いも嚙《か》み分けてきて、巧みな駆け引きができるあの御仁をおいてほかにはおらぬのだ」

そこまで話した烏谷は突然、

「頼む、この通りだ、堪《こら》えてくれ」

季蔵の前にひれ伏した。

「堪えられません」

季蔵が悲痛に叫ぶと、

「ならば仕方がない」

立ち上がった烏谷はすらりと刀を抜いて、

「わしは奉行、そちは料理人。ここで無礼討ちにしたところで咎《とが》にはならぬ」

季蔵に向けて振り上げた。

――なるほど、こういうこともあるのだな。だが、瑠璃と引き離されるならば生きている甲斐《かい》などありはしない、むしろ本望だ――

「どうか、ご存分に御成敗ください」

季蔵は見上げた烏谷に向かって微笑《ほほえ》みかけた。

この瞬間、びゅっと刀が鳴り、季蔵のほほをかすめた。

「よし、わしに刃向かうそちの心、たしかに成敗した」

そう告げると、烏谷は刀を鞘《さや》に収め、離れを出て行った。

――これでも、お涼さんはお奉行様の血の温かさを信じろというのだろうか？――

この夜は一睡もできそうになかったので、季蔵は塩梅屋に居残って、春牛蒡《ごぼう》を使った揚げ物を試すことにした。

「あれっ？　季蔵さん、夜鍋《よなべ》？」

暖簾をしまった三吉に訊《き》かれると、

「卯《う》の花炒《はない》りに使ったおからと、刺身に引いた烏賊《いか》が残っていたのを思い出した。春牛蒡の揚げ物三種のうち、擂《す》り身揚げにはおからと烏賊が欠かせない。それに揚げ物に限っては、ややトウの立った、固くてえぐみのある春牛蒡でも、いけるんじゃないかという気もしている」

「おいらも夜鍋する。春牛蒡の揚げ物三種の試作と聞いちゃ、見逃せないもん。ちょうどいい頃合いにお腹《なか》も空《す》いてきたことだし――」

三吉は舌先でぺろりと上唇を舐《な》めた。

「遅くなると、待っているおっかさん、おとっつぁんが案じるぞ」

「それ、いつもの季蔵さんじゃないっ。いつもは遅くなりそうな時でも、〝三吉、今夜は仕事だ〟って決めつけて、おっかさんたちの話なんてしないよ」

「そうだったかな」

「そうだよお。この際だから言っとくけど、うちじゃ、もう、おいらは、子どもじゃないってことになってるんだよ。だから、仕事で店から帰らないことがあっても全然心配してない。このところ、居残りの夜鍋ないでしょ、だから、逆に、〝こんなに早く帰ってきて、おまえ、ちゃーんとお役に立ってるのかい?〟って、昨日もおっかあが首をかしげてた。だから、全然大丈夫なんだよ」

「わかった、ありがとう」

もとより春牛蒡を使った三種の揚げ物を試して、今の切迫した気持ちを紛らわすつもりだった。これに三吉まで加わってくれるとなれば、さらにまた気が紛れる。

「いつもは季蔵さん、ありがとうなんていうのも言わないよ」

「そうかもしれない」

「おいら、うんと気張って、食べてみるから任せといて」

「そりゃあ、頼もしい」

季蔵の全身から一時、完全に固さがほどけた。

こうして、春牛蒡の三種揚げの試作が始まった。

まずは春牛蒡の小枝見立てから作る。

春牛蒡は細目を選んで、包丁の背で皮の部分をこそげ取る。

二寸弱（約五センチ）に切って水に晒《さら》した後、出汁《だし》と風味の煎《い》り酒を合わせて煮立てた鍋で、やや固さの残る八分煮にする。

重めにといた衣をつけて、中温で衣がかりっとするまで揚げる。

ふうふうと息を吹きかけながら試食した三吉は、

「これ、変わり煎餅《せんべい》みたいでおやつにもなるよね。あと、おき玖《く》お嬢さんがいたら、きっとこう言うと思うな。〝下味をもう少し控えめにして、抹茶衣にしたら素敵、小枝に新緑、まさに今の時季の一品じゃない？〟って――」

おき玖の声音まで真似《まね》てみせた。

二

――新緑か――その昔、瑠璃と共に水面に映る新緑を見に行ったたな。あれほど美しく心洗われる緑はなかった。昨日までは、いつか、また、二人して、あの時のように川辺へ行く日もきっとあると、信じて疑わなかったのだったが――

一瞬心が翳《かげ》りそうになった季蔵は、

「次へ行こう」

春牛蒡の竜田揚げに取りかかった。

これは洗った春牛蒡を皮を剝《む》かずに麺棒《めんぼう》で叩《たた》いて、一寸（約三センチ）ほどに切り揃《そろ》えておく。

赤味噌《みそ》、醬油《しょうゆ》、味醂《みりん》、すりおろした生姜《しょうが》と大蒜《にんにく》一かけを合わせ、これに叩いた春牛蒡を半刻《はんとき》（約一時間）漬け込む。

布巾《ふきん》で水気をよく拭《ふ》き取り、片栗粉をまんべんなくまぶしつけ、中温の油で香ばしく揚げる。

「いい匂《にお》い!! 牛蒡が叩いてあるせいで、小枝見立てに比べて太いよね、幹になりかかってる。喜平《きへい》さんなら、きっとこう言うよ。〝小枝は若い娘でこいつは中年増だな〟」

喜平のやや錆のある声を出した後、一本、二本、三本と次々に頰張《ほおば》って、

「この濃厚な漬けだれの味が牛蒡の風味を引き立ててる。子どもの頃、泥臭い牛蒡の匂いが嫌いだったなんて嘘《うそ》みたいだ。おいら、癖になりそうだよ。いくらでも食べられる、もう、止まらない」

とうとう、揚げた一山を平らげてしまった。

「いい食べっぷりだ」

思わず季蔵は微笑んだ。

「でも、まだ食べられるよ」

「それでは、また、食べてもらおうか」

季蔵は春牛蒡の擂り身揚げの用意を始めた。

「まずは烏賊の身を当たり鉢で擂り身にしてくれ」

「おいらも手伝う」

「合点」

三吉は皮を剝いた烏賊を手早く擂り身にした。

「残っているゲソ（烏賊の足）の方も皮を剝いてから、歯に当たって触りのいい大きさに切り揃えるんだ。春牛蒡はそのまま切っていい」

「どうして、ゲソまで皮を剝くの？」

「そうしないとおからや擂り身と合わせて揚げた時、タネから飛び出して始末が悪くなるんだ」

「歯に当たって触りのいい大きさって？　ただのみじん切りじゃ駄目なの？」

「歯触りも味のうちだ。おからの中のゲソや春牛蒡が細かすぎると物足りない」

「じゃあ、ちょっと大きめの粗みじんってこと？」

「まあ、そうだな」

頷いた季蔵は大鉢におからと擂り身を入れた。三吉がゲソと春牛蒡を切ると、それも入れ、すり下ろした生姜、卵を加えた後、塩、醬油、酒、味醂で調味し、中温の油にぽとぽと匙《さじ》で落として揚げていく。

「そこにある揚げ鍋より一回り大きい蓋《ふた》を頼む」

季蔵に指示された三吉は、言われた通りに蓋を楯《たて》にして、皮を剝いて入れてもまだ弾《はじ》けやすい烏賊のせいで、ぱちぱちと盛大に飛び散る油に応戦した。

「こりゃあ、敵《かな》わないや」

三吉は汗だくである。

このタネを油から引き上げる少し前に、鍋の火を強火にし、表面をかりっとさせて仕上げる。

「苦労した甲斐はあるはずだ」

季蔵は三吉に試食を勧めた。

「竜田揚げほど凄《すご》い、いい匂い、美味さ確実ってわけじゃあないし、見かけは辰吉さんとこのおかみさんみたいだな」

首をかしげた三吉は、丸々と揚がっている春牛蒡の擂り身揚げに箸《はし》を伸ばした。

ぱくりと一嚙みしたとたん、

「あっ」

三吉の目が輝いた。

「おからのおかげだと思うけど、ふっくら柔らかくて、味に深みがあって、おいらが大好きな餅《もち》よりずっと美味《おい》しい」

「そうだろう？」

「これは歯触り一番揚げだね。柔らかな生地の中にしこしこしたゲソとしゃきしゃきした春牛蒡、それに一嚙みした時のさくっとした感じ。上品な味だけじゃなく、三つの歯触りが楽しめる」

三吉はふーっと大きなため息をつきつつ、二個目を皿にとってゆっくりと箸を動かした。

「〝あわてて食べては、申しわけないようないいお味ですよ〟」

これは五平の口真似であった。

春牛蒡の揺り身揚げを堪能した三吉は、

「幸せ、幸せ、腹いっぱい――」

呟《つぶや》いて小上がりにごろりと横になると、そのとたんもう、すうすうと寝入っていた。

季蔵はやはり目が冴《さ》えて寝付けず、何とかして気を紛らわせようと、厨《くりや》の片付けなどをしているうちに夜が明けた。

翌日、昼前に周防守からの使者が訪れて、文を置いていった。

それには以下のように書かれていた。

アゲハ屋敷へ烏谷椋十郎の養女を迎える吉日の宴には、縁結びの吉兆と見なして、過日の花見再び、元二つ目松風亭玉輔《しょうふうていたますけ》こと、長崎屋《ながさきや》五平の噺《はなし》〝花見幽霊〟と塩梅屋の料理を頼みたい。

北尾《きたお》周防守正良《まさなが》

——何と、周防守様じきじきに、わたしの料理と五平さんの噺を対にせよとの命が下ってしまった。町人のわたしや五平さんが、老中を務めた大藩の御大名からの命に背くことは、最悪の場合、死を意味する。瑠璃を奪われるわたしには願ったりの顚末《てんまつ》でも、五平さんの家族や奉公人たちへの深い想いを考えると、これはとても断れない——

季蔵は暗澹《あんたん》たる思いに陥った。

うっかり、季蔵が広げたままだった文に目を走らせた三吉は、

「周防守様のお呼びだ、凄い、凄い。とうとう、この塩梅屋がでかく認められたんだね。これはもう、瓦版《かわらばん》屋がほっとかないよ。そのうち、市中名料理屋番付にも載るだろうな、楽しみ、楽しみ。だけど、この烏谷椋十郎の養女って誰？　あのお奉行様に養女なんて居たの？　もしや、お涼さんの知らない隠し子？」

歓声を上げつつ、目をぱちくりさせた。

——三吉には真実を報《しら》せない方がいい——

そう判断した季蔵が、

「念のため、この話はお涼さんにはするなよ」

無理やり笑い顔を作ると、

「わかってるって。何度も言うけど、おいら、もう子どもじゃないんだから」

三吉の唇がやや尖《とが》った。

そうこうしているうちに昼が過ぎて、

「お邪魔いたします」

お涼がひょっこり立ち寄った。

もともと細い顔が小さく見えて、顔の色が青い。

――ね、やっぱり――

三吉が季蔵に向けて片目をつぶってみせた。

「実はこれから、すぐ、うちまで来てもらえないものかと思いまして――」

お涼の声が常より低い。

「仕込み、後はおいらがやっとくよ」

三吉はぽんと自分の胸を叩いて見せて、

――きっと、今、名乗りをあげた隠し子がお涼さんのところにいるんだよ――

また、片目をつぶった。

「折りいってお話もございますし」

お涼は両目を伏せ、

「わかりました、今、すぐ、支度をいたします」

身支度を調えた季蔵は戸口へと向かった。

二人は南茅場町《みなみかやば》を目指して歩いて行く。

「この間、おいでいただいた時、わたしはあなたも旦那様を信じてほしいと申しました」

お涼が話し始めた。

「そうでした」

季蔵は自分が烏谷に斬《き》られかかった話はしなかった。

「今のわたしは、旦那様が信じられなくなっています」

お涼はずきんと痛み始めたこめかみに片手を当てた。

「何があったのです？」

「周防守様から、瑠璃さんにとたいそう立派な着物が三枚も届きました。どれも金糸銀糸の縫い取りがあって、目を瞠《みは》るほど豪奢《ごうしゃ》なものでした。わたしはこれまで、この成り行きには旦那様ならではの絡繰りがあって、いずれは無かったことになると思ってきましたが、ここまで話が進むと、もう後戻りはできないような気がしまして、その不安を口にしました。すると旦那様は、〝女子《おなご》には小判よりも着物が貴い。周防守様の継室として輿入れするは、まずは瑠璃の幸せ、わしの名誉。不都合はどこにも無い、それを案じるのは、そなたの瑠璃への嫉《そね》みか？　女子の妬《ねた》みほど見苦しいものはないぞ〟と――」

「あまりのおっしゃりようですね」

――苦労を共にしてきたお涼さんにまで、そんな暴言を吐くとは、お奉行様はどうかしてしまわれている。周防守様との絆《きずな》が何にも増して大切なのだろうか？　大がかりな普請が成功すれば、烏谷椋十郎の名は上への聞こえがめでたくなる。お涼さんを捨て、どこぞに婿《むこ》入りすれば、町奉行以上の栄達も叶《かな》わぬ夢ではない。結局、あの人は立身出世欲の塊だったのか？――

季蔵は苦々しく、烏谷の入道のような姿形を思い浮かべ、お涼は、

「わたしへの罵りはともかく、あなたと瑠璃さんの絆を思いやる言葉は何一つありませんでした」

ひっそりと呟いた。

季蔵は項垂《うなだ》れている、お涼の伸びていない背筋を初めて見た。

三

そんなお涼は立ち止まると、自分自身を励ますかのように、しゃっきりと背筋を伸ばして季蔵を見つめた。

「無力なわたしですが一つだけ、案がございます」

季蔵は思い詰めた様子で、

「実はわたしにもお願いが――」

声を低めた。

「何なりとおっしゃってください」

お涼は季蔵を促した。

「瑠璃を連れて江戸を出ようと思うのです」

――もう、決して、昔の二の舞をしたくない、あれだけはご免だ。今度また同じような

ことが起きたら、瑠璃の繊細な心身は耐えられず、命を落とすことになるかもしれないのだから――

季蔵は主家の嫡男に横恋慕されて、瑠璃を奪われた過去を繰り返したくなかった。

「わたしもそれをお勧めしようと思っていました。手はずはわたしが調えますので、どうかお任せください」

お涼は季蔵の耳元で囁《ささや》くように告げた。

「いいのですか？」

自分たちの駆け落ちを手伝えば、いずれ烏谷の知るところとなるだろう。

「かまいません、もとより覚悟はできています。旦那様の心延《こころば》えを信じて生きてきたわたしにとって、変わってしまったあの男の手にかかるのは、むしろ本望というものですし、何の悔いもありません。また、わたしが楯になってあなたたちが幸せになれるのなら、うれしいことです」

お涼は毅然《きぜん》として言い切り、

「ありがとうございます」

季蔵は目頭に熱いものを覚えた。

いつしか二人は南茅場町の家の前に立っている。

お涼が門を開けた。

そこから見える庭は手狭ではあったが、よく手入れされていて、小さな池ではぴょんぴょんと蛙《かえる》が跳ねる音が聞こえている。

――瑠璃？――

今の時季、生きもの好きな瑠璃は縁側に座って、跳ね回る蛙たちを飽きずに見ていることが多い。

だが、瑠璃の姿は縁側にはなかった。

季蔵は縁側に向けて歩いた。

警戒を怠らない猫の虎吉《とらきち》がにゃーおと鳴いて縁側に出てきた。

縁側と座敷を隔てている障子は開け放たれていて、瑠璃が三架の衣桁《いこう》に掛かっている晴れ着の前に座っている。

季蔵は掛かっている三枚の晴れ着の目映《まばゆ》さに打たれた。

中央の晴れ着には桜の花の間を乱舞するアゲハ蝶《ちょう》が描かれ、左側は花見で瑠璃が着ていた桜の柄とは異なる、華麗な八重桜の絵柄、右側はアゲハ蝶のさまざまな様子が艶《なま》めかしく絵になっている。

陽《ひ》の光が射し込んできていた。

きらっきらっと三枚の晴れ着が輝いていて、まるで桜や蝶が生きてでもいるかのように美しく見える。

――まさに、五平さんの〝花見幽霊〟の晴れ着そのものだ――

お涼が驚いた通り、贅沢《ぜいたく》に金糸銀糸が使われている。季蔵は今まで一度もここまで豪華絢爛《けんらん》な着物を目にしたことがなかった。

——噂《うわさ》に聞く、天女のようだという大奥の女たちとて、これほどのものを身につけられるのは、御正室の御台《みだい》様か、あるいは上様の寵愛《ちょうあい》を一身に受けている御側室に限られるのではないか？——

「瑠璃」

季蔵は呼びかけた。

だが、瑠璃は振り向かずにいる。

「あら、まあ、瑠璃さん、すっかり夢中なのね」

お涼は眩《まぶ》しそうに三枚の着物から目を逸らし、

「届いてここへ掛けた時はそうでもなかったんですよ。今日はよく晴れているから、光が届いてなおさら綺麗なのでしょう。それですっかり、魅入《みい》られてしまっているのね」

ふうとため息をついた。

にゃーおと虎吉がまた鳴いて、瑠璃の膝《ひざ》に飛び乗りかけて止め、隣りに座った。

「今日はこれで帰ります」

季蔵が告げると、

「それでいいんですか？」

お涼は念を押した。

「猫でさえ、立ち回り方がわかっている様子です。ここは退散して少し考えてみたいと思います」

季蔵は座敷に背を向け、

「わたしでお役に立つことがあったら、いつでも、何でもおっしゃってください」

お涼の声が響いた。

この夜、季蔵は瑠璃の夢を見た。

夢にはあの三枚の晴れ着が寸分違《たが》わぬ様子で現れ、そのうちに、それらを見つめる瑠璃の顔に被《かぶ》った。

これほど熱心で、強い瑠璃の眼差《まなざ》しを見たことがないと、夢の中の季蔵は狼狽《うろた》えた。

――物の怪《け》に取り憑《つ》かれている者の表情とは、こんなものなのかもしれない。そうなると、取り憑かれるとは歓《よろこ》びでもあるのだな――

何とも瑠璃の顔は頬《ほお》のあたりが緩んで楽しそうであり、ようは明るく輝いていたのである。

――ずっとずっと前、子どもの頃、寒い時季に庭に咲いた水仙の花を見つけた時にも、こんな満ち足りた表情をしていたような気がする――

夢の中の季蔵は幼い頃から許婚《いいなずけ》だった瑠璃について、蕩《とろ》けるような幸せの顔をあれこれと思い出していた。

――お父上の酒井《さかい》様から、はじめて晴れ着を調えてもらったという正月の瑠璃も、わたしなど眼中にないほどうれしそうで、せっかくの着物を汚してしまうからと外遊びに加わろうとしなかった――

目を醒《さ》ました季蔵は、着物等の身につけるものが、どれほど女たちの心を惹《ひ》きつける関心事なのかを悟り、瑠璃もそんな女たちの一人だったのだと得心した。

――わたしと一緒に逃げては、もう二度と、あれほど贅沢な着物に身を包める身の上にはならぬだろう――

空腹を覚えた季蔵は飯炊きを始めた。

――おそらく、女子にとっては、この飯炊きと同じくらい身綺麗にすることが大事なのだ――

季蔵は炊きあがった飯に梅風味の煎り酒をかけて口に運んだ。これという菜がなかったからである。

――あの着物には、到底この暮らしは似合うまい――

しみじみと思った。

――それに、瑠璃は後添えではあるが正室として周防守様のところに迎えられる。かつて、わたしと引き離されて、無理やり、側室にされた時とは違う。まして今の瑠璃は――

茶も切れていたので、季蔵は井戸から水を汲《く》んできて飲んだ。

――瑠璃は薄紙を剝《は》がすように良くなってきているとはいえ、わたしのことを思い出すのは時折で、まだ正気ではない。なまじわたしへの気持ちがあの時のようではないとすれば、着物等身を飾るものを愛《め》でる女心のおもむくままに、周防守様のところで安楽に暮らすのも幸せなのではないか？　お奉行様が瑠璃を嫁がせようとしているのは、長きに渉《わた》って不自由のない暮らしが守られるからであって、己の志や野心だけのことではないのかもしれない――

瑠璃の幸せを願って身を引くべきではないかとまで思い詰めると、急に季蔵は索莫《さくばく》とした心持ちになった。

そんな気持ちを紛らわせたくて、店へ向かう途中、わざわざ油揚げをもとめて、三吉を喜ばせた。

「わ、今日の賄いは豪勢だね」

季蔵流油揚げの逆さ揚げは、四季を通して、いつでも美味い逸品である。

これに欠かせないのは油揚げで、一枚を横半分に切った後、裏返して使う。

これに梅風味の煎り酒や醬油を垂らして混ぜた飯や餅、しっとりするまでよく練った茹《ゆ》で里芋や唐芋を詰めて口を留め、中温の油で衣がさくさくになるまで揚げる。

不思議なのは、すでに油で揚げてある油揚げをまた揚げると、しとしと、ぎとぎとの油まみれになりそうなのだが、そうはならずに、しつこさのない、いい歯触りになることであった。

「裏に返さないで表のまま揚げると、こうはならないんだもん、ほんとに摩訶《まか》不思議だよね」

三吉は上機嫌で、醬油飯や餅が詰められた油揚げの逆さ揚げを楽しんだ。

——三吉の笑顔は救いだ——

季蔵は知らずと釣られてしばし微笑んでいた。

昼が過ぎると、続いて二通の文が届けられた。

一通目は長崎屋五平からのもので、一言、大きな字で〝不動〟と書かれていた。

——五平さんはわたしへの義理立てで、まだ、承諾の旨を周防守に伝えていないのだな。

しかし、それではいずれ難儀するはずだ——

再び、深刻な想いに陥ったところへ、追い打ちをかけるように烏谷からの文が届いた。

以下のようなものである。

昨年夏、両国にある江戸一の砂糖屋豊田屋《とよだや》が店仕舞いになったのは知ってのことと思う。

瓦版屋や巷《ちまた》の噂によれば、店が潰れるほど客足が遠のいたのは、虫や砂混じりの砂糖を売っていたせいだということになっている。

確かにその通りだが、一つ事実と違うのは、異物の入った砂糖は何者かが混入させた代物だったということだ。

ただし、何者かの追及は決して、未来永劫《えいごう》されないであろう。

今や、五平の長崎屋にも、そちの塩梅屋にもこのようなことがないとも限らぬ。

くれぐれも心してかかるように。

また、この文は読み終わり次第、すぐに燃やすように。

烏谷

塩梅屋季蔵殿

四

烏谷からの文を読んだ季蔵は、

「ちょっと裏へ行ってくる」

離れで火鉢に火を熾《おこ》してこれを燃やした。

この後、身支度を済ませると、

「一刻半（約三時間）ほど出てくるから後を頼む」

小網町にある五平の長崎屋へと急いだ。

五平の父親が一代で財を築いた長崎屋は、開府以来の老舗でこそないものの、市中で指折りの廻船《かいせん》問屋である。

堂々とした構えの店の前では、積荷を奥の蔵へと運ぶ人足や、指示をするだけではなく、手伝ったりしている働き者の奉公人たちの活気で満ちていた。

「塩梅屋さん、季蔵さん」

声を掛けてきたのは、先代の頃からいる手代の一人智助《ともすけ》であった。

五平の噺の会に呼ばれて、料理を振る舞う季蔵とは顔馴染み《かおなじ》であった。

「そろそろおいでになる頃じゃないかって、お内儀《かみ》さんと話してたんですよ」

五平の恋女房ちずは元娘義太夫の水本染之介《みずもとそめのすけ》で、季蔵の料理が二人の縁結びとなったこともあった。

「それはまた、どうしてです？」

季蔵は周防守と自分との両方に追い詰められているに等しい、五平の様子が気にかかっている。

「いつものことですよ」

智助は笑い顔である。

つきあって季蔵も微笑んだ。

——暢気《のんき》なことだ——

このぶんでは、五平は周りの者たちに仔細《しさい》を告げていないのだろうと季蔵は合点した。

「旦那様がそちらへ出かけて、料理の注文をされているはずでしょう？」

噺の会では季蔵が、これぞという献立に頭をひねり、五平は寝食を忘れて部屋に籠もる。この間ばかりは仕事はすべて頼りになる店の者たちに任せ、長崎屋五平であることをしばし忘れて、好きな噺作りと語りの稽古《けいこ》に打ち込むのであった。

智助は今回もそれだと思い込んでいる。

そうこうしているうちに、

「まあ、季蔵さん、おいでだったんですね」

出てきたおちずが華やかな笑顔を見せた。

「そうそう周防守様からの文が来ていました。今回の旦那様の会には、お奉行様の花見の会でご縁をいただいた、あの周防守様もおいでなのかもしれません。それで旦那様はあのように張り切っておられるのでしょう。季蔵さんも駆け付けてくれたと、今すぐ、旦那様にお報《しら》せしてきます」

おちずが報せに奥へ入ってほどなく、

「待っていましたよ」

五平が姿を見せた。

崩し気味の普段着姿で髷《まげ》は乱れて窶《やつ》れた印象ではあったが、

「あなた、着替えもせずに店先にお出にならないでください」

咎めるおちずの声は少しも尖っていない。

「お内儀さん、今の旦那様は長崎屋五平じゃあない、二つ目の噺家松風亭玉輔だと思いましょうよ」

智助もまだ目尻《めじり》を下げている。

「どうせなら、そろそろ真打ちに昇格させてもらいたいものさね」

冗談を飛ばした五平は、

「せっかく来てもらってすまないが、季蔵さん、これといった噺のネタが思いつかないで、日夜、悶々《もんもん》としてこの有様なんですよ。料理と噺、モノは違うがどちらも創《つく》りものだから、季蔵さんにはわたしの気持ちがわかってもらえるはずです。ネタに詰まったまま、部屋に籠もり続けていると、タネまで腐っちまう。何かいい案はないだろうか？」

素早く季蔵に目配せした。

「それには散歩が一番です。今時分、青々と茂り始めた草木の匂いを胸一杯吸えば、きっといいネタを思いつきますよ」

「つきあってくれますか？」

「もちろんです」

「それじゃ、わたしたちは今から散歩に出る」

五平と季蔵は近くの稲荷《いなり》を目指して歩き始めた。

季蔵が、自分にも周防守から、祝宴料理の注文があったのだと話すと、

「そうでしたか――」

しばし五平は絶句した。

「あなたは周防守様からのお話を御自分の胸だけにしまっていたのですね」

季蔵の言葉に、

「智助はそうでもないのですが、おちずは勘が鋭いんで気づかれまいと必死でした。それで思いついたのがいつもの道楽で――」

――思った通り、人知れず五平さんは苦しみ続けていた――

「もう、五平さんが苦しむ必要はありません」

季蔵は言い切った。

「もしや、あなたは周防守様からの頼みを受けるようにと、わたしに進言に来たのでは？まさか、あの砂糖屋豊田屋を始めとする、数々の大店《おおだな》が暖簾を下ろす羽目になった絡繰りを、お奉行様に知らされたからでは？」

大店の主である五平は裏事情を知り得ていた。

頷いた季蔵は、

「それもありますが、ただそれだけではありません」

周防守から瑠璃に届いた晴れ着の話と、関わる自分の想いを口にした。

「今まで瑠璃の幸せの鍵《かぎ》はわたし一人が握っていると思い込んでいました。けれども、今回のことで、そうとは限らないと思い知らされたのです」

「それで本当にいいのですか？」

五平は大きく眉《まゆ》を寄せた。

「はい。ここへ来て、お内儀さんのおちずさんの様子を目にして確信を強めました。娘義太夫の水本染之介の時も艶やかでしたが、大店の長崎屋五平のお内儀になって、子たちにも恵まれた今は、安らぎと充足が加わり、女子の完璧《かんぺき》な幸福を見たような気がしました。わたしは瑠璃にはずっと輝くばかりの幸せの中にいてほしいのです。ですから、どうか、周防守様には承諾の文を差し上げてください。わたしもあなたと一緒に出向き、料理で瑠璃の幸せを祈ることにいたします」

「季蔵さん」

目を瞬《しばた》かせている五平に、季蔵は深々と一礼して踵を返した。

店に戻った季蔵はすぐに周防守に向けて、頼まれた料理を引き受ける承諾の文をしたためた。

市井の一膳飯屋《いちぜんめしや》にすぎない塩梅屋にとって、このたびのお声かけは恐れ多くも大変名誉でございます。慎んで引き受けさせていただきます。

塩梅屋季蔵

北尾周防守正良様

「よかった、よかった」

三吉が両手を打ち合わせた。

「おいら、ちっとも、周防守様んとこの料理の話が出ないんで、ひょっとして、季蔵さん、断っちまったのかと思ってたんだ。それに何となく、季蔵さん、暗かったし――」

「相手は老中だったこともあるお方で、お席が祝宴だと示されると、お声を掛けてもらったのはいいが、応えられる料理ができるものかと、ずっと悩んでいたのだよ」

「なーるほど。でも、こうやって、話してくれるっていうのは、いい献立を思いついたってことだよね」

「まあ、何とか――」

「勿体《もったい》ぶらずに早く教えてよ」

「滝野屋《たきのや》の杉右衛門《すぎえもん》さんに頼まれた春牛蒡膳に決めた」

その一瞬、

「えっ？」

三吉は固まった。

「おいらの耳、おかしくなったのかな？」

「おかしくなってなどいない、周防守様の祝宴で最高の春牛蒡膳を召し上がっていただこうと思っている」

「だって、杉右衛門さんに頼まれたのは、牛蒡で有名な滝野川生まれのお姉さんの供養膳だって聞いてるよ。供養膳と祝い膳が一緒でいいの？」

「牛蒡は土中深く根を張り、乾燥に強く、家が栄えるといって庭に作られることもあるそうだ。商家、武家の別なく、誰もが家の繁栄を願っているはずだ。それにわたしは、かねがね供養も祝いも違いは形だけのことで、尊い祈りの気持ちは変わらぬはずだと思っていた」

「わかった、何が何でも、牛蒡の言い伝えを押し出すってわけだね」

「そういうことになるかな」

「春牛蒡膳かぁ――特に揚げ物はどれもすごーく美味しかったけど、鯛《たい》とかがないとちょっと地味じゃない？」

「周防守様ともなれば、その席に連なる方々も含めて、高級料理屋の出す山海の珍味には食べ飽きているだろう」

「羨《うらや》ましいなあ」

涎《よだれ》を垂らさんばかりの三吉のため息は無視して、

「だから、むしろ、咳《せき》の特効薬として身体を癒し、どんな青物にも増して腸を調える、滋味深い牛蒡料理が珍しく、新鮮なのではないかと思う」

先を続けた季蔵は、

「ただし、薬ではなく料理として供する以上、これにも多少の華は要る。とっておきのこれぞという春牛蒡で作りたい」

やや大きく声を張った。

――月並みではない、身体に優しく心に温かい料理で、精一杯瑠璃の幸せを祈りたい
――

「そう言ったって、今、市中で売ってる春牛蒡はトウが立って、柔らかさと香りがいまちだって、季蔵さん、嘆いてたよ」

「その通りだ」

大きく頷いた季蔵は、

「滝野川まで行ってみようと思う。牛蒡で知られているあそこまで行けば、これぞという春牛蒡に出会えるかもしれない。出かけてくる。戻るのは遅くなるから、味噌や粕《かす》漬けの魚などで店の方を賄ってくれ」

「おいらの得意な独活《うど》の酢の物なんかも作っていい？」

「よろしく頼む」

こうして季蔵は滝野川へと向かった。

五

季蔵にとって滝野川を訪れるのは初めてではない。以前、この地で百合根《ゆりね》を育てて売っていた知り合いが行方知れずとなり、ここまで探しに来たことがある。

その知り合いは百合根の商いを巡って、滝野川の人たちから虐めを受けたと洩《も》らしていて、それを聞いた季蔵は心底相手に同情したものだったが、今では地元民たちにも言い分があるのではないかと思っている。

瑠璃の幸せが何なのかと同様、物事には全《すべ》て、計り知れない選択肢や多面性があるのだと悟り始めた季蔵であった。

タネ屋街道と呼ばれるのも頷けるほど多くの種苗が売られている露店の店並みが見えてきた。種苗をもとめに訪れる商人たちで賑《にぎ》わっている。

季蔵が商いの邪魔にならないように、しばらく売り買いの様子を見ていると、

「あんた、見慣れない顔だね」

野良着姿のままの主の一人が尖った声を掛けてきた。

「常連の種苗屋たちなら見慣れてるし、おらたちみてえに陽に焼けて、爪の間に泥でも挟まってりゃ、どっかから買いに来た百姓ってことになるんだが、あんたはどっちでもねえ」

牛蒡のように真っ黒な顔の相手は季蔵を睨み据えた。

「怪しい――」

「ここにいったい、何の用だい？」

客が切れたこともあって、両隣の店の主たちも加わって季蔵を取り囲んだ。

「実は――」

春牛蒡の良品をもとめに来たのだと続けようとすると、

「こりゃあ、やっぱし――二の舞どころか、三の舞になっちまう」

「六右衛門《むっえもん》さんもえらく気にしてることだし」

「変な噂が立つとここの客足だって減るしな」

主たちは口々に呟くと、

「さあ、あんた、歩いた、歩いた」

季蔵を促すと、店を一緒にいた女房や息子、娘に任せて先に立って歩き始めた。

――これではまるで罪人扱いだ――

「悪い奴ならいっそ、ここから出さず仕舞いにすりゃあいいんだ」

「曾祖父《ひいじい》ちゃんの頃みたいにな。あん時の名主様は凄かったらしい」

「そうすりゃ、こんなめんどうはなくなる」

そんなやりとりに、季蔵は背筋が凍りついてきて、なおも、

「わたしはただ――」

春牛蒡のためだけに日本橋から来た料理人なのだと言い募りたかったが、

「話は今から行く六右衛門さん、名主様にするんだな」

「こっちは商いがあるんだ、ぐずぐずしないでさっさと歩けよ」

「こういうのまで見張れなんて言われてると、ったく、ほんと、大変だ」

主たちは聞く耳を持たなかった。

連なる土塀と大きな茅葺《かやぶ》き屋根がひときわ目立つ、高台の豪邸が名主六右衛門の家であった。

裏に回ると素早く一人が、勝手口へと取り次ぎに走った。

ほどなく、身形《みなり》がいいだけではなく、目力があって、気品が漂い、矍鑠《かくしゃく》とした様子の六右衛門が姿を見せた。

取り次ぎ役の主は、ぺこぺこと頭を下げ続け、身の丈の半分ほどになりながら、六右衛門の後を歩いてくる。

「お役目ご苦労様でした」

立ち止まって振り返った六右衛門は優しく労ったが、ぴしりと鞭《むち》に打たれた馬にでもなったかのように、瞬時に主たちは全員地べたにひれ伏した。

「皆さんもお手数でした。ありがとうございました。どうか、商いを続けてください」

六右衛門が頭を垂れずにまた労いの言葉を口にして、笑顔を見せると、主たちはやっと立ち上がってこの場を後にした。

「失礼いたしました」

あろうことか、六右衛門は季蔵に向けて深々と頭を下げて、

「あなたがこの村に禍《わざわい》をもたらす、怪しいお方でないことはご様子でわかります。あの者たちの非礼をお詫《わ》びいたします。申しわけありませんでした。いかがです？　お詫び代わりに、拙い点前《てまえ》ですが、茶を召し上がってはいただけませんか？」

変わらぬ柔和な顔を向けた。

「いただきます」

こうして、季蔵は名主六右衛門宅の茶室に招き入れられた。

湯の沸き上がる茶釜《ちゃがま》を挟んで向かい合う。

季蔵はここを訪れた目的を率直に話した。

「日本橋の料理人の方が、ここまで春牛蒡を探しにおいでくださったとはただただ感激です。そんなお方を怪しむなど、返す返すもご無礼をお許しください」

六右衛門の頭はまた垂れたままになった。

「それにしても、村の方々のたいした見張りに驚きました。以前からこのようだったのですか？」

曾祖父の代の物騒な話を耳にした季蔵は、訊いてみずにはいられなかった。

「滝野川村で牛蒡の栽培が始まったのは、元禄《げんろく》年間（一六八八～一七〇四）のことです。滝野川の近辺は柔らかな黒土に深く覆われていて水はけもよいため、根菜である牛蒡や人参等の栽培に適していました。わたしの先祖である五代目六右衛門の頃、品種改良でつくられた滝野川牛蒡は江戸の人々から歓迎され、人気品種となったのです。世間に名が知れて、牛蒡盗っ人がうろつくようになったのもその頃でした。いつ狙《ねら》ってくるかわからない牛蒡盗っ人を、お役人たちは取り締まりきれず、五代目は捕まえた盗っ人を自分たちで仕置《しおき》するという、かなり極端な自衛策を取りました。けれどもそれはその頃のことで、今では、売っている種があちこちで播かれていますので、滝野川牛蒡はそう珍しいものではなくなり、もう牛蒡盗っ人はおりません。ただし、名主を頂点として結束する、その当時のこの村ならではの強い自衛の心はまだ残っていて、見慣れない方々に対して、さきほどあなたが胆を冷やされたような失礼な振る舞いとなるのです」

ここで当代六右衛門は一度上げた頭をまた下げた。

――村人たちだけが勝手な思い込みで見張っている？　たぶん、それはないな――

「わたしをここへ引っ張ってきた人たちは、あなたに命じられて見張っていると言っていましたが――」

「お聞きになりましたか」

六右衛門は緊張した面持ちの顔を見せた。

「二の舞どころか、三の舞になるとはどういうことですか？」

「たしかにわたしは特にこのところ、不審な他所者《よそもの》に注意するように言っています。たとえ空き家があっても、誰にも貸してはならないとも申しています。つい半年ほど前、貸した家の主夫婦が市中で殺されるという事件が起きました。こんなところに住んでいても、噂は聞こえてきます」

「その夫婦のおかみさんはここで百合根をつくっていたはずです」

季蔵は知り合い夫婦を襲った悲劇について簡単に話した。

「よりによって、あなたがあの人たちの知り合いだったとは――。それなら、さぞかし、あれこれ言い立てて、おかみさんの百合根商いを邪魔するわたしたちを、悪い奴だとお聞き及びでしょう？」

驚いた六右衛門は苦い顔になり、

「まあ、それもこの村ならではの掟《おきて》なのだとは思いますが」

季蔵は頷くほかはなかった。

「滝野川では牛蒡盗っ人への自衛心のせいで、とかく他所者への風当たりが強いのです。一つの試練だと思って、乗り越えてほしかったのですが、あんなことになってしまいました。〝他所者に関わるとろくなことがない〟というのが、何年か前に死んだ父の今際《いまわ》の際の言葉でした。亡くなる一年前、空き家に他所者たちに勝手に入り込まれて、長く気に病む事件が起きたからでした」

「それが最初の凶事ですね」

「ええ。事の始まりは、腕の立ちそうな浪人者と大男で首に巻き付けた豆絞りの手拭いの端から痣《あざ》が見えていたごろつき、もう一人は小鼻の右に小豆大の黒子《ほくろ》があって、高そうな着物を着た、商人らしき風体の男の姿を見たという話からでした。元気だった父は見たという話が一度だけでしたので、村中を見廻らせて見つけようとはしませんでした。もうそろそろ、今更牛蒡盗っ人でもなく、種苗売りで栄えるこの村と村人たちを、自分たちで仕置さえやってのけた頃の呪縛《じゅばく》から、解き放ってもいい頃だと思っていたのでしょう。ところが一年ほどして、借り手もなく放《ほう》っておいた空き家へ、一人の村人が思いついて道具を取りに行ったところ、煮炊きをした跡があっただけではなく、こんなものが土間に落ちていたので、大変不審に感じて、父のところへ持ってきたのです」

六右衛門は炉の灰の中へと利き手を伸ばし、平打ちの簪《かんざし》と金太郎が描かれたでんでん太鼓を取り出した。

「無数の細い棘《とげ》の塊のようにも見える、この簪の絵柄が何の花だかわかりますか？」

六右衛門は銀で出来た簪を季蔵にかざして見せた。

「菊やその仲間に似たものがあるのではないかと――」

「これは牛蒡の花なのです。滝野川牛蒡のさらなる品種改良に尽力した、杉三《すぎぞう》という名の村人に、感謝したわたしの父が贈ったものです。杉三に褒美は何がいいかと訊くと、苦労をかけた女房の髪に、地味だが美しい牛蒡の花の簪を挿してやりたいと応えたゆえだと聞きました。ただし、この簪が杉三の連れ合いの髪を飾ったのは一時で、そのすぐ翌年、夫婦は揃って、流行風邪であっという間に逝ってしまったのだそうです。その簪は夫婦の間の女の子に受け継がれました」

六

――杉三？　それはもしや――

「杉三さん夫婦には男の子もいたのでは？」

季蔵は訊かずにはいられなかった。

「おりました。どちらもまだ一人前ではなかったので、不憫《ふびん》に感じた父がめんどうを見ていたようですが、ある日、姉弟共にいなくなりそれっきりでした」

「うねさんと杉右衛門さんでは？」

「よく御存じですね、ただし、わたしが見知っていたのは杉作《すぎさく》で、杉右衛門ではありませんが――」

六右衛門は百合根売りの話にも増して驚いた。

「ええ、実は――」

季蔵がここへ来たのは、牛蒡料理で姉の供養をしたいという杉右衛門の頼み事と関わりがあると告げると、

「ほう、そうですか」

六右衛門の肩がほっと緩んで、

「すると、杉作は名を改めるほど成功したのですね」

念を押してきた。

「今、市中で杉右衛門さんが主の廻船問屋滝野屋といえば、新参ながら五本の指に入ります」

「それはまた、たいしたものだ、よかった、よかった」

六右衛門は相好を崩し、

「これでやっと、もう、何年も前にここを出て行った杉作によく似てはいるが、多少、年齢をくっている、身形のいい男を見たという、おかしな話の辻褄が合います」

安堵《あんど》のため息をついた。

「杉右衛門さんはここへ来ていたのですね。いつ頃のことです?」

「昨年の盆の頃でした。見たと言い張る者が仲間を募って、その日のうちに村中、探し廻りましたが見つからず、杉作も拐《かどわ》かされて殺されたおうねや赤子同様、もうこの世の者ではなく、姉と甥の仇《かたき》が討ちたいばかりに、手掛かりをもとめて、時節柄、あの世から彷徨《さまよ》い出てきたのではないかということになりました」

──あの三人がここまでの悪人だったとは──

季蔵は愕然《がくぜん》とした。

「おうねさんが嫁いだ先の天茂亭に降りかかった禍を御存じなのですね。それでおうねさんの簪や赤子の玩具《おもちゃ》のでんでん太鼓が、他所者が寝起きしていた様子の空き家にあるのは、そこに二人が捕らわれていたからではないかと、お父さんは思われたのでしょう？」

「当時、天茂亭といえば、市中の食べ歩き案内に〝名人天麩羅《てんぷら》、ここにあり〟と書かれていて、わたしも、いつか立ち寄りたいものだと思っていました。姉弟がここを出て行ってから何の便りもありませんでしたので、事件を知ってすぐはまだ、拐かされたのが、お内儀におさまっていたおうねとその赤子だとは知りませんでしたが──。しかし、拐かしの下手人がもとめた身代金が法外な額だった挙げ句、名人のご主人が、可愛い女房子どものために無理して金を用意したというのに、生きて還っては来なかったのですから、事件の後しばらくは、この話題が途絶えませんでした。時間が経《た》って、わたしたちは殺されたのはおうねだったのだと知り、父は空き家に落ちていた証《あかし》の簪とでんでん太鼓を見て、〝よりによって、拐かされて故郷に帰ってきていたとは──〟と言って落ち込み、持病の心の臓の病を悪くさせてしまったんです」

「名主のお父さんに見守られているというのに、どうして姉弟は村を出て行ったのでしょう？」

「それは若い者にありがちな町への憧《あこが》れではないかと──」

六右衛門は目を伏せた。

「この村にいた若い者はおうねさん、杉右衛門さんだけではないはずです」

季蔵は追及した。

「わたしは立派になっている杉作について、今更、とやかく言いたくないのです」

六右衛門はゆっくりと目を上げた。

「事件後、ここへ姿を見せていた杉右衛門さんが幽霊ではなかったとしたら、あなたのおっしゃるように、本気で仇を取りたいと思っているのかも――。そしてこれはもしかしてではありますが、わたしはそのお手伝いができるかもしれないのです」

季蔵のこの言葉に、

「あなたは百合根作りをしていた殺された夫婦とも、杉作ともお知り合いですね」

うんうんと六右衛門は頷いた。

「偶然とはいえ二つも縁が重なるのは滅多にないことです。わかりました。下手人が裁かれ、おうねや赤子が心置きなく成仏できるよう、あなたを信じてみます。実はあの杉作が杉右衛門と名を変えたと聞かされて、正直、ずいぶんと人は変わるものだと思いました」

「杉右衛門さんはどんな子どもだったのでしょう？」

「物覚えはいい方で教えなくても算術は達者でしたが、堪え性のない我《わ》が儘者《ままもの》でした。友達の家の馬が気に入ると〝よこせ〟と言って相手を脅し、親のものだからと断ると、怒りに任せて相手を殴ったり蹴《け》ったりしました。もう少し大きくなると、田舎博打《ばくち》に手を出して大損し、ここに立ち寄った女衒《ぜげん》に姉のおうねを売ろうとしたことさえありました。この時は見かねた父が借金を肩代わりして、ことなきを得たのですが、酒を飲むようになると、この手の身勝手さに拍車がかかり、手のつけようがなくなりました。おうねは村一番の器量好しだったので、杉作は弟にしてヒモのように振る舞い、身体を売る姉の稼ぎでぶらぶらしているようになりました。姉弟がここを出て行ったのは、そうなってから、半年ほど過ぎて、これではあまりにおうねが哀れすぎると、父が杉作に説教してほどなくでした。父はこの時、〝きっと、杉作は大人しく弟想いの美しい姉を、遊里に高く売りつけるつもりなのだろう〟と言って、おうねの身を案じていました。ですから、おうねがあの頃、飛ぶ鳥を落とす勢いの天茂亭のお内儀になっていたことにも驚きましたが、今、杉作が杉右衛門として大成功しているとお聞きして、心からよかったと胸を撫で下ろしています。早速、仏壇に手を合わせ、墓参りをせねば――」

六右衛門が腰を浮かせたのを期に、

「これで失礼いたします」

季蔵の方から立った。

「待ってください、そうそう、あれもあったな――」

その背に六右衛門が声を掛けた。

「何か？」

「おうね母子が拐かされて殺された事件があった時、手練《てだ》れの浪人者、豆絞りを首に巻き付けた大男のごろつき、身形のいい中年で小鼻の右に小豆大の黒子のある中肉中背の商人を、この村で見かけたのではないかと訊きに来た年配の女がいたと耳にしました。たしか、名はりせ――。もちろん、村の衆は〝そんなよそ者など知らない〟と突っぱねたそうですが――。つい一月ほど前のことで、たいそう達者な絵を描く女のようです。おうねたちの事件に関わることは、決して忘れたりしないよう、全て、ここに集めているので――」

立ち上がった六右衛門は壁に掛けられている掛け軸の裏を探って、貼り付けてあった三枚の絵を見せてくれた。

「このような絵です」

季蔵が、骸になってからしか知らない、矢崎左門、口入屋の大津屋与五郎、ごろつきの作蔵の顔と立ち姿が精緻《せいち》に描かれている。

――これは紛れもなくおやすさんの描いた絵だ――

三人の悪党の顔はそれぞれ、生前の特徴を得ているものなのだろうが、表情はおやすの手が紡ぎ出すにゃん饅《まん》にも似て、のどかで憎めない。

――しかし、どうして、おやすさんがこんな絵を描いて、ここを訪ねなければならないんだ？――

思わず季蔵が見入っていると、

「まさか、この絵を描いた女ともお知り合いだなんてことはないでしょうね？」

六右衛門にカマを掛けられたが、

「いいえ、そんなことは。ただ、今後、何かの役に立ちそうなので、この絵をお借りできませんか？」

さらりと躱《かわ》して頼んだ。

「どうぞ。それから、この簪とでんでん太鼓もお持ちください。そして、できれば、おうねと赤子のために私財を投げ打った、天茂亭のご主人に渡してさしあげてほしいのですが――。そもそも、このような品々をここに集めておいても気休めにすぎません。この地を動くことのできないわたしでは、どこでどうなさっているかもわからない、ご主人に供養の品を渡すことなどできないのですから。このままでは、そのうちあの世で父に叱《しか》られてしまいます」

六右衛門が目を瞬いた。

「わたしでよろしいのでしょうか？」

季蔵は天茂亭の主茂兵衛まで知っていることなど、おくびにも出さなかった。

「仏様はこの事件にケリをつけて、気の毒なおうね母子の魂に安らぎを与えるために、あなたをここへお遣わしになったように思えてなりません。そんなあなたなら、もう、誰からも聞かない、天茂亭を売り渡した後のご主人の消息に、行き当たることができるような気がするのです。よろしくお願いします」

「わかりました、それと最後にこちらもお願いが――」

季蔵は当初の目的だった良質な春牛蒡を分けてほしいと告げた。

「今の時季、市中へ届く春牛蒡は風味と肉質がやや固く、アクも出てきているので、香り一番で柔らかく、アクの少ないものがほしいのです」

するとと六右衛門は、

「それならお安いご用です。わたしたち滝野川の者たちは、今、あなたがおっしゃったような最高の春牛蒡が大好きで、今頃から約一月ほど長く愛でていられるよう、少しずつ作付けを遅らせて作っているので、しばらくは春牛蒡贅沢ができるのです。お持ちになりたいだけどうぞ」

笑顔になった。

七

六右衛門の家の奉公人に春牛蒡畑に案内された季蔵は、夢中で鍬《くわ》をふるい続けた。一本、二本と抜き取るたびに、そこはかとなく漂う、土に馴染んだ牛蒡の香りが何とも心地よかった。

——これで間違いなくいい祝宴の料理ができる——

切なく瑠璃の面影が浮かんで消える。

——幸せになってほしい、わたしの願いはただそれだけだ——

収穫した春牛蒡を束にして背負って木原店に帰り着いたのは、夜も更けた頃であった。

春牛蒡汁に使う白いんげん豆を、待っていた三吉に水に浸けさせた後、春牛蒡を何本か持たせて長屋に帰すと、季蔵は小上がりに倒れ込み、朝までぐっすりと眠った。

目覚めるとすぐに、春牛蒡を使った飯、汁、酢の物の試作に取りかかる。

普通、牛蒡にはアク抜きが欠かせず、入念に皮を削《そ》ぎ、しばらく酢や水に晒《さら》すだけではなく、酢水で茹でたりもするのだったが、今回の春牛蒡に限っては、いわく言い難《がた》いせっかくの風味を大事にしたいので、ざっと皮を削ぎ取ってさっと酢水に晒すだけに止《とど》めた。

まずは春牛蒡飯から始める。

きんぴらにする時のように縦細切りにして、さらに横に刻んで微塵切りにし、切ったそばから酢水に浸ける。

この時、好みによっては優しい歯触りのささがきにしてもよいのだが、季蔵は米粒と微塵切りの春牛蒡が混じり合う、力強い食感が好きであった。

研いで水加減した米に、酒と塩を加え、微塵切りの春牛蒡をのせて炊きあげる。

こうして飯を炊いている間に汁と酢の物を仕上げる。

季蔵の春牛蒡汁はとろりとした変わり種の汁である。

夜の間、水に浸けておいた白いんげん豆を柔らかく煮上げる。

ざっと泥を落とした春牛蒡は斜め薄切りにして酢水にさらして笊に上げておく。

大きめの鉄鍋に菜種油を熱し、微塵切りの葱《ねぎ》の白い茎を炒め、春牛蒡を加えてさっと熱を加える。

水と出汁を入れて春牛蒡が柔らかくなるまで弱火で煮込む。

春牛蒡が柔らかくなったら火を止めて、白いんげん豆と一緒に当たり鉢で当たる。

これを再び鍋に戻し入れて軽く温め、梅風味の煎り酒と胡椒で味付けする。

酢の物は千切りにした春牛蒡と人参をさっと茹でる。

茹で加減が大事で、固すぎず柔らかすぎずが肝心である。

小松菜は固めに茹でて微塵切りにする。柔らかすぎると緑の色が他に移ってしまい、春牛蒡の春の雲のような不透明な白、春の光そのものの人参の橙《だいだい》色、小松菜の新緑の色がそれぞれ際立たず、美しく仕上がらない。

当たり鉢で炒《い》った胡麻を当たり、味醂、醤油、胡麻油を加えてよく混ぜておく。

これに春牛蒡と人参、小松菜を温かいうちに合わせる。

炒り胡麻を食べる直前に振りかけてもよい。

炊きあがった飯を杓文字《しゃもじ》でかき混ぜた季蔵は、飯と酢の物を重箱に詰め、汁は蓋付きの小鍋に注ぐと、風呂敷《ふろしき》で包んで身支度を調えた。

三吉には、〝用事にて出る。春牛蒡の飯、汁、酢の物は本日の賄いなので、腹が空いたら食べてよし〟という書き置きを残した。

向かう先は西河岸《にしがし》町にあるおやすのにゃん饅屋であった。

――どうして、滝野川まで足を運び、おうねさん母子の事件について手掛かりを摑もうとしたのか、その真意が知りたい――

猫の額ほどの間口のにゃん饅屋の戸口には、〝本日、相談日にて、にゃん饅売りは八ツ

刻（午後二時頃）より、探しものから夫婦喧嘩《げんか》まで、おやすのにゃん饅を召し上がってい
ただきながらのお悩みよろず相談、奥にて承ります〟と書かれた札がぶら下げられている。

――にゃん饅だけではなく、相談事も稼業にしていたのだな――

季蔵は勝手口へと廻った。

「安心なさいよ、万事、上手《うま》く行ってるんだから」

おやすのやや高めの美声が聞こえてきている。

「お邪魔します、塩梅屋です、季蔵です」

季蔵が声を掛けると、

「はーい」

おやすが勝手口を開けた。

――茂兵衛さん――

勝手口から続く厨に小さな縁台が置かれていて、皿を手にした茂兵衛が腰かけていた。

茂兵衛は一瞬、戸惑いの表情になったが、すぐに、

「その節は――」

立ち上がって深々と腰を折った。

「こちらこそ」

茂兵衛と季蔵は互いに深々と頭を下げ合った。

「それではわたしはこれで――」

勝手口の方を見遣った茂兵衛を、

「花見仲間も来てくれたことだし、もう少し、いいじゃないの？　世の中、くよくよしたって仕様がない、こういう時はにゃん饅をもう一つ、そろそろクロの顔のにゃん饅が蒸し上がる頃よ」

おやすは引き留めたが、

「これから胡麻油の仕込みがあるんですよ」

相手は逃げるように帰って行った。

「忙しい男ねえ、男ってどうして、みんな、あんなに忙しいのかしら？　ねえ、季蔵さん」

相づちをもとめたおやすだったが、すぐに気がついて、

「ああ、季蔵さんも男だった。いい男すぎて、うっかり、数に入れ損ねてたわ。男相手にこんなこと言うのは野暮だった——。今日はどうも調子が悪いみたい」

思いきり強く自分の片頬を抓《つね》った。

「実は滝野川まで行ってきました」

季蔵は世間話なしで切りだした。

「わたしの目的は杉右衛門さんから頼まれたお姉さんの供養膳のために、質のいい春牛蒡を仕入れるためでしたが、こんな絵も見せてもらいました」

季蔵は片袖にしまっていた二つ折りの紙三枚を開いて、与五郎たちの絵を見せた。

「あらっ、あたしの描いた絵っ」

おやすは少しも悪びれていない。

「てっきり、失《な》くしたと思ってたんだけど、実はあそこへ置き忘れてしまってたんだ」

「何で滝野川へ行って、ここに描いてある男たちのことを訊いたんです？」

「このところ、好きな唄《うた》や踊りじゃ、銭は稼がないことにしてるの。近頃はにゃん饅も売れるけど、そうじゃない時もあったのよ。だからわたし、ずっとよろず相談もやってる。滝野川へ行ったのは、ある男に頼まれたから。その男も忙しい男でね――、名を言わないといけないかい？」

当惑の口調とは裏腹に、おやすはあっけらかんとした顔を季蔵に向けた。

「出来れば――」

季蔵はおやすを見据えた。

「さっきの茂兵衛さんと言いたいところだけど、今のあの男にはそこまでの余裕はない。杉右衛門さんだよ、あたしに、どうしても下手人を知りたいから調べてくれと頼んできたのは――。あの男、何年経っても下手人を挙げられないお上に業を煮やしてたんだよ、それでよろず相談名人のあたしに――」

「あなたが見かけたかどうか、滝野川で聞き回っていたこの三人が、三人とも、立て続けに殺されたのは御存じですか？」

「ええ、もちろん。あたし、瓦版は大好きだもの――」

「今から一月前、つまり三人が殺される前に、あなたは三人を描いた上、滝野川へ出向いているのですが――」

「それ、あたしが杉右衛門さんに頼まれてあの三人を殺したって言いたいの？」

おやすはぷっと吹き出した。

「あり得ないことではありません」

季蔵は一切、笑顔を見せなかった。

「あたしは誰も殺してないわよ。さんざん滝野川で訊き廻ったけど、もう、何年も前のことでもあるし、誰一人、絵に描かれた三人のことなんて知りはしなかったんだもの。あたしはそう杉右衛門さんに伝えて、それでこの仕事は仕舞い――」

「あなたと杉右衛門さんの二人が、お奉行様の花見に加わってきたのは偶然だと？」

「その通り。あたしはあの件でいい働きが出来なかったから、ちょっとバツが悪かったけどね。でも、太っ腹の杉右衛門さんは居合わせた茂兵衛さん父子のことが気掛かりで、〝是非よもやま話の相手になってやってほしい〟って、あたしにまた仕事をくれたのよ。それであたしはまずはあの花見の時、茂兵衛さん父子に、人気のにゃん饅を勧めて、そのうち、茂兵衛さんがああして相談に通ってきてくれるようになったのよ」

「茂兵衛さんの心を占めているのは、無残に殺されたお内儀さんと赤子への尽きぬ想いなのでしょうね」

「繰り返しだけど無理もないことでしょ？　あたしに吐き出して、吐き出し続けて、いつか、からっと気が晴れれば、きっと、八十吉さんの気持ちも汲んで前向きになれると思うのよ。八十吉さんには叔父さんに当たる杉右衛門さんが、あれほど強く、力になろうとしてくれているんだもの、天茂亭をもう一度開くことだって、天麩羅名人の茂兵衛さんさえ、その気になれば夢じゃないはずだもの。茂兵衛さん、生きている我が子の八十吉さんのためにも、ここ一番、乗り越えてほしいのよ——」

おやすは柄にもなくしんみりした様子になった。

八

——このままではおやすさんの波に乗せられて、言っていることを丸ごと、信じてしまいそうだ——

季蔵は話を変える機会を狙った。

「おやすさんにせっかくおいでいただいたのに、あの時は何もおかまいできませんでした」

「ああ、神社で見つけた乳熊屋《ちくまや》さんの御隠居さんを運び込んで、助けてもらった時のことね。とんでもない。そちらにはお世話をおかけしました。こちらこそ、よくしていただいた上に、元気になった御隠居さんのお気持ちで沢山、にゃん饅の注文までいただいちゃって、身勝手なお騒がせになっちゃったわ、すいません——」

平謝りするおやすの目の前で、季蔵は風呂敷の包みを解いた。

「滝野川でもとめた春牛蒡で拵えてみた品なのです。お口に合うといいのですが」

「まあ、わざわざあたしのために。なんてなつかしくて芳《かぐわ》しい土の匂いなんでしょ」

早速、箸を用意したおやすの目が輝いた。

そんなおやすは、まず酢の物に箸をつけて、

「春牛蒡だけでなしに、人参や小松菜の茹で加減が絶妙。それとこれ、小松菜の代わりに、そろそろ出回り始めてる青紫蘇《あおじそ》なんて使ったら、台無しになるところまで計ってるでしょ、凄いっ」

褒め、飯に移ると、

「この春牛蒡の微塵切りもいいけど、あたしはささがきも好きだね。微塵切りは少々固い草の茎をしゃきしゃき、音を立てて食べてるみたいで、ささがきの方は葉や花をふんわりと味わえる感じじゃない？　どっちも、もう春爛漫《らんまん》。あたしも春牛蒡買いに滝野川へ行って試してみたくなったよ」

うっとりと目を細め、季蔵が竈《かまど》に立って温めた汁を一啜《すす》りすると、

「春牛蒡がここまで上品な香りだったとは――。まさにあっさり風雅な春牛蒡ご飯に、濃厚なのに少しもくどくない、滋味そのもののこの汁、いいんだけど――」

うーんと唸って小首をかしげた。

「何か？」

季蔵は追及せずにはいられなかった。

「あと一味――」

　おやすは右手の人差し指を立てた。

「足りませんか？」

「ただ、あたしも何を足したらいいのかまではわからないのよね。ごめんなさいね、余計なこと言っちゃって――」

　おやすはすまなそうに肩をすくめると、

「食べ物のお礼は食べ物で返したい気分。季蔵さん、うちのにゃん饅を食べていってくださいな」

　蒸籠の蓋を持ち上げて、あつあつに蒸し上がったにゃん饅を皿に取って勧めてくれた。

「おや、珍しい黒いにゃん饅ですね」

　黒い胡麻の生地を猫の顔に模《かたど》った猫饅頭であった。いつもの焼き鏝《ごて》をあてて表情をつけるのとは違い、食紅で色をつけた生地が目と口、耳の部分に重ねられている。

　――色使いが少々、まがまがしいな――

　赤い耳と耳の間にもう一つ、角を加えれば猫鬼饅頭になりかねない。

「江戸に帰ってくる前に出会ったうちのクロは黒猫なのよ。元はいいとこの御隠居さんに飼われてたんだけど、御隠居さんが亡くなっちまって、飼い主がいなくなったの。白猫を可愛がっていた息子さんは黒猫嫌いでね。嫌われていると悟ったクロときたら、白猫を虐めたりのいたずらばかりするもんだから、どうしたらいいかって相談にみえたのね。〝そんなにお困りならお引き取りします〟って言ってくれてる相手に渡す、一押しが息子さんはほしかったんだね。いずれ三味線の皮になるってわかってるもんだから、自分一人じゃ、無慈悲を貫けなかったんでしょ。人ってとかくそんなもんだろうけど、あたしは一押しする代わりに飼うことにしたの。どうにか雨露を凌げてるのも、にゃん饅、ひいては猫たちのおかげだと思ったもんだから。最初は売れなかったこの黒いにゃん饅も、今じゃ、三日に一度にしないと、黒胡麻の仕入れが追いつかないほどなのよ」

うれしい悲鳴を上げたおやすは、どこからか戻ってきたクロを膝に抱いた。

クロはにゃあにゃあと鳴いておやすに甘えている。

「それではいただきます」

季蔵はクロのにゃん饅を手に取った。

一嚙みで中に入っている黒糖で煮てある餡が口いっぱいに広がる。

「美味しいですね」

季蔵は心から感嘆した。

そのまま平らげかけて、ふと黒いにゃん饅を摑んでいた右手の指を見た。

――これは――

何と赤と黒の色が染みついている。

――毒死させられた矢崎左門の手にもこのような染みがあった――

「どうかしました？　クロにゃん饅に何か？」

おやすが不審げに訊いてきた。

「黒と赤のにゃん饅が遊び心いっぱいなので、さらに極まると、さっきの茂兵衛さんに力を貸してもらって、いよいよ、揚げにゃん饅だろうかなどと埒《らち》もなく考えていたのです」

季蔵は思いつきで取り繕った。

「そうだね、でも、揚げたにゃん饅に猫の顔の造作をつくるのはむずかしいそうよ。一匹、一匹違う猫の表情をつくりわけるのが、あたしのにゃん饅なんだから――」

おやすは頷きつつ、首をかしげ、

「揚げにゃん饅案は取り消します。むずかしいものですね」

季蔵はふうとため息をついて、

「それではわたしはそろそろ失礼します。お忙しいところをお邪魔いたしました」

勝手口へと向かい、おやすは、

「また、いつでも来てくださいよ、待ってますよ」

如才なく見送りかけて、

「あら、ちょっと、あなた――」

相手の足を止めて振り返らせた。

「何か？」

「季蔵さんの背中、普通じゃないわ。子どもの頃、似た背中を見たことがあるの、その男の人、大川へどぼんと飛び込んじまったのよ。後で許婚との仲を引き離されたお侍さんだってわかったんだけど。季蔵さんの背中、あの時のお侍さんにそっくり。あの時以来よ、悲嘆の極みの後ろ姿を見たのは――」

おやすは半ば怯《おび》えたような目で季蔵を見つめている。

「そんなことは――」

ないと言いかけて季蔵は絶句した。

ぷつんと張り詰めていた糸が切れたかのようだった。

――まずい――

知らずと目から涙がこぼれ落ちている。堪えることなどできはしない。

「もしかして、季蔵さんもあの時のお侍と同じような目に遭ってるんじゃない？」

おやすの言葉に季蔵は黙って頷いた。

「だったら、絶対、相手のことを諦めちゃ駄目よ、相手の幸せばかり考えて身を引いたりしないで。愛しい女とはずっと一緒にいるようにしなきゃ。そうしないと、あのお侍さんみたいになっちゃう。お侍は剣の達人だったらしいけど、死んだらもう、どんな立ち合いもできない。季蔵さんもせっかく、今まで磨いてきた料理の腕を揮《ふる》えなくなる。料理ほど人を幸せにするものなんてないんだから、そんなの駄目、駄目、勿体なさすぎる――」

おやすは叫ぶように言い募り、季蔵は無言で勝手口を出た。

店に戻ると、

「さっき松次親分の使いがここへ来て、谷中の千楽寺《せんらくじ》まですぐに来てほしいって」

三吉に伝えられた。

破れ寺である千楽寺は今時分、枯れ草と新緑が混じって茂り、山門を入ると掻《か》き分けて進むことになる。

駆け付けた季蔵は裏手へと廻った。陽当たりから察して、陰になっている裏門付近は、そうは草木が茂ってはいないはずだった。中へ入りやすい。

松次と田端が、仰向《あおむ》けに倒れ血を流して死んでいる骸を見下ろしていた。

骸の男は小柄すぎる身体に、やや幅が広く、丈が長すぎる結城紬《つむぎ》の小袖と揃いの羽織を着込んでいる。

「仏は大津屋の元大番頭、今は主の勘助だよ。いくら上物でも、死んだ主の着物を直しもしないで、けち臭く着てた挙げ句、殺されちまって、こんな具合に晒されるんじゃみっともねえったらありゃしねえ」

松次は顔を顰《しか》め、

「この傷は与五郎、作蔵殺しに使われた太刀ではないかと思う。ただし、二人同様、鮮やかに急所を仕留められている」

田端が告げた。

「たしか、大津屋勘助は主与五郎に従って、悪行に手を染めていたと聞いています。与五郎や作蔵、左門を殺《あや》めたのと同じ、恨みを抱く下手人の仕業なのでしょうか？」

思わず季蔵は呟いた。

松次は、

「でも、ここは破れ寺だよ。下手人が同じなら、四十七士と関わる場所で殺すだろうが、あ、でも矢崎左門は毒を盛られたんだったな――」

首をかしげ、

「春もたけなわだってぇのに、今日は寒いね、朝餉を抜いてきたもんだから、よけい応える」

ちらりと季蔵の方を見てぶるっと震えて見せた。

「いかがです？　塩梅《うち》屋に立ち寄られては。今日は常より工夫した賄いができております」

季蔵は二人を誘った。

九

常のように田端は湯呑みの冷や酒を呷《あお》り続け、春牛蒡飯や酢の物を、

「こりゃあ、もう、風味歯応え千両さね」

上機嫌で平らげていく松次は、

「今日は甘酒は止《よ》しとく」

すっかり気に入った様子の春牛蒡の汁を何杯もお代わりした。

「何かなあ、何か一味、足りねえような気もするんだが――」

首を捻る松次に、

「やはり、甘酒の方がいいんじゃない？」

三吉が気を利かせようとすると、

「いいや、やっぱりこれだ、これでいい。味が足りないってぇのは思い過ごしだろうよ」

甘酒にやや似た舌触りの汁を美味そうにずずっと啜った。

「与五郎は四十七士ゆかりの萬年橋《まんねんばし》、作蔵は永代橋《えいたいばし》で斬り殺されているが、矢崎左門は住んでいた長屋で毒殺、勘助は荒れ果てた千楽寺の裏手で命を絶たれている。下手人はほぼ同じだと思えるのだが、後の二人については、必ずしも、四十七士を関わらせていない——これはいったい、どういうことなのか？」

田端は目の前に持ち上げた湯呑みを一気に飲み干して、ふうと大きなため息をついた。

「これは所詮《しょせん》、わたしの憶測にすぎません。そう思ってお聞きください」

前置きした季蔵は、

「千楽寺はせんらくじと呼ばれていますが、字面はせんがくじと読めないこともありません。下手人は四十七士が眠る泉岳寺の代わりに、せんがくじとも読める千楽寺を、殺生の場所に選んだのではないかと思うのです」

「そりゃあ、また、どうして？」

松次のこめかみがぴくりと動いた。季蔵の話がおかしなこじつけに聞こえて、どうにも我慢ができなくなったのである。

「泉岳寺で血を流したくなかったのだと思います。下手人には四十七士の忠義心を崇《あが》めつつ、世に正義を示したいという心根があるのではないでしょうか？」

「面白い」

田端が珍しく笑って両手を打ち合わせ、

「まあ、与五郎、作蔵、左門、勘助の四人とも、生きてて、何一つ、いいことはしそうもない連中ではあるさ」

松次は渋々頷いた。

「それでは、自分の長屋で殺されていた矢崎左門の場合は？」

田端は追及し、

「どう捻っても、松蔵長屋と四十七士は結びつかないぜ。四十七士に味方した松蔵という名の忠義の町人がいたなんてぇ、講談みてえな話を勝手につくってもらっても困る」

松次は季蔵を睨むように見た。

「乳熊屋の御隠居さんの身に起きたことを、一応、わたしが番屋に届けましたが、覚えておいでですか？」

季蔵の問い掛けに、

「ああ、おおかたよくある子どもの悪戯だろうが——。それにしても、年寄りをからかうとは性質《たち》が悪い」

松次はふわりと欠伸《あくび》を洩らし、

「聞いていない」

田端の声が尖った。

「乳熊屋は四十七士を厚遇して甘酒粥《がゆ》を振る舞ったことで、市中に名を馳《は》せ、老舗の商いを続けてきた味噌屋です。乳熊屋の御隠居の一件の後に、矢崎左門が殺害されています。泉岳寺の代わりが千楽寺ならば、矢崎左門の死に場所を四十七士ゆかりの地にせずに、乳熊屋の御隠居を呼び出して、神社での難儀を装わせたとも考えられるのです」

季蔵の推測に、

「すると呼び出す相手は、何としても乳熊屋の隠居でなければならなかったのだな」

田端は大きく頷いて言い切り、

「こ、こりゃあ、い、いけねえや、た、大変なことを忘れてた」

青ざめた松次はぽかりと自分の頭を固めた拳で叩いた。

「何だ？　早く、申せ」

田端が大声を上げると、

「乳熊屋の隠居の騒動があってから、何日か過ぎて、言伝《ことづて》を言いつかったってえ、子どもが母親に連れられて番屋に来たんでさ。何でも気になることを子どもが言ってるんで、聞いてやってほしいって。子どもの話ってえのは、〝おいらに駄賃をくれて、今から言うことを乳熊屋さんの隠居に伝えてくれって言ったのは、菅笠《すげがさ》を被ったお坊さん。背は低い方だったかな、このあたりはよく覚えてない。はっきり覚えてるのは、爪の間に黒と赤の滓《かす》みたいのが溜《た》まってたこと――〟。ああ、もっといけねえ、骸になってた左門の掌にも黒、赤の染みがありやしたね。そん時はその子がでっちあげの自分の悪戯を、誰かのせいにしてるんだとばかり思い込んでて――。その子にも悪いことをしちまった。旦那すいやせん、この通りです」

床几から飛び降りた松次は土間に座って頭を垂れた。

そして、

「子どもに乳熊屋への言伝を頼んだ奴が下手人か、その手下に間違いありやせん。急ぎ、爪の間に黒と赤の滓を溜めてる、背の低い奴を探し出さねえと。旦那、すぐにお指図を――」

絞るように声を出した。

「そうは言っても、染め物屋や壁塗り等、爪垢《あか》が黒かったり、赤かったりする職の者たちは少なくない。それだけで下手人を突き止めるのは至難の業だ」

田端は首を横に振り、

――殺された左門の掌にあった染みも含めて、それはクロのにゃん饅を手にすれば、誰にでも付いてしまうものでもある――

おやすの猫にも似た、愛嬌《あいきょう》のある丸い顔を思い出しつつ、季蔵は複雑な思いに陥った。

翌日、塩梅屋に烏谷の来訪が告げられた。

いつものように暮れ六ツ（午後六時頃）に。膳は是非とも祝宴の試作を所望。　烏谷

「お奉行様はツイてるよね、滝野川の春牛蒡がどっさりまだあるんだから」

三吉は早速、春牛蒡の泥を落とし始めた。

「落としすぎちゃ、いけないんだろうけど――」

時折、手を止める三吉に、

「滝野川の春牛蒡の美味さは土のせいのようにも思えるが実は違う。豊かな土の中で伸び伸び育った春牛蒡が、これ以上はないと思われる不思議な生気を、風味に代えて放ってくれるからだ。滝野川の春牛蒡は身の内側から、輝くように香る。持ち帰った春牛蒡については、そうそう泥落としの加減をしなくても大丈夫だ」

季蔵は微笑んで安心させた。

変わらず烏谷は暮れ六ツの鐘の音が鳴り終える前に、

「邪魔をする」

塩梅屋の戸口を抜けてきて、季蔵は離れへと案内した。

「今日あたりが、そちの料理の食い納めかと覚悟してきたぞ」

烏谷は言葉とは裏腹に無邪気そうに見える童顔を綻ばせ、はははと豪快に笑った。

「それはまた、なぜでございますか？」

烏谷と対する季蔵の目は穏やかだった。

——おやすさんに諦めるなと言われて、取り乱しはしたが、あの後、逆に気持ちがすっきりした。おやすさんに苦しい想いを吐き出せたせいかもしれない。今ではお奉行様の決断も、瑠璃の先々を思いやってのことでもあったのだと得心できる——

「首を洗ってきただけではなく、胃の腑も綺麗に空にしてきた。毒死させられてもかまわぬゆえ、とにかく、早く、食べさせてくれ」

烏谷はせがみ、

「わかりました」

季蔵は春牛蒡膳を供し始めた。

「それにしても、よい香りよな」

季蔵も作り直してみて驚いたが、春牛蒡の昆布合わせをはじめ、お造り風、炊き合わせ、揚げ物に到るまで、逸品の春牛蒡を用いると、どの料理も、牛蒡そのものに対する思い込みが変わるほど、典雅にして味わい深く仕上がった。

「さすが滝野川の春牛蒡だ」

烏谷はにやりと笑った。

「わたしを見張っておいででしたか」

「地獄耳、千里眼のわしを見くびるでないぞ」

「そうでございました」

「杉右衛門についてはそちより、わしの方がいろいろ知っている」

「お調べになったのですね」

「あの者は上方《かみがた》に居たというがまるであちらの訛《なま》りがない。同業の五平から洩れ聞いたが、訊いてみたところ、上方で人気の噺家の名さえ知らないという。五平や他の廻船問屋の主たちも、謎《なぞ》の成り上がり者である杉右衛門の上方での来し方を知らない。それで気になって調べてみたのだ」

「お教えください」

「その前にそちの知り得たことを申せ」

季蔵は滝野川の名主六右衛門から聞いた、若かりし頃の杉右衛門について話した。

「悪い奴が己の非道を省みて、自分の性根を糺《ただ》したという話を是非聞きたいものだが、わしはまだ一度も耳にしたことがない。勘定方の知り合いに頼んで、商人たちに関する覚え書きのうち、秘密裏に隠されている文書の箱を出させてみた。この箱には時に、商人や老中たちがつるんで私利私欲を満たし合った、埃《ほこり》のように薄汚い証までしまわれていることもある。杉作という名だった杉右衛門は、天茂亭のお内儀おうねと赤子が拐かされ殺害されてから、左前になった安房《あわ》と相模《さがみ》の廻船問屋を買い叩いて、今の滝野屋を開いている。上方の商人だったとはどこにも書かれていないのだ」

そこで一度言葉を切った揚げ物好きの烏谷は、春牛蒡の小枝見立てと竜田揚げ、擂り身揚げの三種にしばし舌鼓を打った。

十

「なにゆえ、そのような文書が遺されているのですか？」

「上にいる者が自分の生きている限り、悪に手を染めた商人を強請《ゆす》るためだ」

「しかし、上の方々はご自身も悪事に加担されたはずです」

「上にいて共謀した者は、悪事で恩恵を得た商人ほどは潤わない。重職の方々にとって、密《ひそ》かに残した文書は、いつでも、蔵から持ち出せる小判の詰まった箱のようなものだ」

「とはいえ、歴代の御老中様たちが皆、賄賂の池を泳いでいたわけではないでしょう？」

「長く続ければ、どんな聖人君子でも黄金の水に浸るのが心地よくなる。第一人を動かす政《まつりごと》に袖の下は付きものだ」

「それではあの周防守様も？」

季蔵は訊かずにはいられなかった。

「そうだ。商人同士を競わせて普請の入札を決めるなど、お殿様とは思えぬ辣腕《らつわん》ぶりではあったが、老中在任が長かったゆえ、例の箱の中の文書の数も多かった。それでも、お助け小屋や孤児《みなしご》の家をつくる等、周防守様のなさり様は民に対して優しかったようにわしは思う。商人からの賄賂で得た金をそれらに回しておられたとも小耳に挟んだ。しかし、それがせめて許されるのは在任中に限る。文書の入った箱はいわば公然の秘密ではあったが、退かれた周防守様はそれらのことを、金輪際、なかったことにして、綺麗さっぱりお忘れになるべきだったのだ。ところがあろうことか、新しく老中の任に着かれた方の前に、亡霊のように立ちはだかり続けたのだ」

──なるほど、それなら、砂糖屋の豊田屋の信用を落として、潰してしまうことなど朝飯前だったろう──

「とにかく、わしは悲願だった堤の普請を成功させて、市中の皆が安心して暮らせるようにしたかった。それには周防守様の黒幕ぶりを暴いて、是非とも表舞台から退いてもらわねばならなかったのだ。それには何としても、以前にも増してお近づきにならねばと──。ただし、断っておくが、花見の席で瑠璃を見初めたのは、わしの計らいではない。あれだけは見込み違いだった」

「とはいえ、周防守様のお望み通り、瑠璃を輿入れさせせようとなさったではありませんか」

季蔵は澱《おり》のように心に溜まっていた非難の限りを言葉に託した。

「あれはしばし時を稼ぐためだったのだ、許してくれ、この通りだ」

烏谷は深々と頭を下げた。

「それでは瑠璃はもう、輿入れせずに済むのですね」

季蔵は声を荒らげたままで念を押し、

「やっと間に合ったのだ」

烏谷は言い切り、

「実はすでに周防守様は以前のようではなくなりつつある。年齢《とし》と共に多くの人たちに襲いかかってくる、重症の物忘れ病に取り憑かれておいでだった。老中職を自ら退かれた時も、この病を切り抜けて治そうと、何人もの医師のみならず、怪しい祈禱師《きとうし》にまですがり尽くした挙げ句のご決断だった」

切なくてならないという表情になった。

「引き際を心得ていたというのに、なにゆえ、また、黒幕になろうとしたのでしょうか？」

季蔵にはまだ不可解だった。

「この病を熟知している医者に訊いたところ、自分を律する理知がいずれ失われ、放埓《ほうらつ》な我が儘だけになり、幼子《おさなご》のように好き放題を叶えたいと欲するとのことだった」

「それで瑠璃を――」

「今や周防守様の頭の中には、まだ搾り取れる商人たちの名と、亡き奥方とアゲハ蝶を慈しんだ思い出、奥方やアゲハ蝶の生き返りだと信じて疑わない、瑠璃のことだけが好ましく残っていて、後は煩わしいだけではないかと、主治医が申していた。こうなっては、政を明るく照らそうとする後の者たちへの配慮は望めない。もっとも、秘密の箱の中身の方のことは、もう少し時が経てば頭から消え失せるそうだ。その後は、日がな何もしゃべらず、ろくに飯も食べず、一人で果てしない泥の海を彷徨《さまよ》うかのように、うすぼんやりと時を過ごし、やがて死に到るだろうとも――」

「瑠璃に贈られてきた豪奢な着物は、もしや、周防守様とよしみを通じてきた呉服屋が無心に応じて都合したものでは？」

「その通りだ。すでに、周防守がその呉服屋に渡した文は押さえてある。これは確固たる強請の証になるゆえ、差し出せば大目付といえども無視はできぬはずだ。やっと周防守様の横暴を止めることができる」

　烏谷はにやりと笑い、

——周防守様が瑠璃を見初めたのも、五平さんにお慰めする噺をともちかけたのと同様、この食えないお奉行様が算盤《そろばん》を弾《はじ》いてのことだったのでは？——

　季蔵がやはりまだ、腹の立ったままでいると、

「周防守様の横暴な黒幕ぶりと、与五郎、作蔵、左門、勘助殺しの関わりをそちはどう思うか？」

　烏谷は先を振ってきた。

「周防守様と与五郎をはじめとする四人の関わりがわからないと——」

　季蔵は俯《うつむ》いたまま応えた。

「退かれてからの周防守様は、夜更けて与五郎の大津屋に出入りしていた。わしは見張らせていたのだ」

「だとすると、四人の殺しは周防守様のお指図ではないでしょう。手足となっている配下の者たちを殺して得なことなどありはしません」

「花見の時、姉を女衒に売り飛ばそうとしたという、滝野川の百姓杉作こと、今の滝野屋

杉右衛門が我らに寄って来た。ただの風流ではあるまい」

「杉右衛門は周防守様の配下を一掃し、黒幕の一の子分にのしあがろうと決めて、与五郎たちを始末していたのではありませんか？　花見に周防守様が来ると聞き及んだ杉右衛門は、かつて偽りの出自を貰い受けるに際して、賄賂で便宜をはかってもらったこともあり、これからはさらなる甘い汁を吸おうと、取り入ろうとしていたのでは？」

「その通りだろう。人と人の間に入って、身代や命の奪取までも請け負う黒い稼業は、廻船問屋の上がりなど問題にならぬゆえ、真の悪党の杉右衛門がまずは与五郎の座につき、そこを踏み台にして天井知らずにのし上がろうとしても不思議はない」

烏谷は大きく頷いた。

季蔵はこの時、ふと、表看板は繁盛していない菓子屋ながら、裏では市中の闇《やみ》社会に君臨していた虎翁《とらおう》のことを思い出していた。

——虎翁が死んだ時、お奉行様はこれで江戸の闇はいっそう深くなると嘆かれていたが、その通りになっている——

「しかし、それでは四件の殺しに不審が残ります。与五郎や作蔵の骸には匕首《あいくち》と刀の二種の傷がありました」

この時、季蔵の頭に杉右衛門のやや間延びした表情だけではなく、目鼻口までも丸く、白髪さえなければ年齢不詳のおやすの顔がクロにゃん饅と一緒に浮かんだ——

「その時まだ矢崎左門は生きていたから、金になる話を持ちかけて、左門と二人で殺《や》った

れになったとも思えません」

「とはいえ、その左門が毒死させられてしまったにもかかわらず、勘助は与五郎同様に、今度は一太刀で仕留められています。左門が生き返るはずもなく、突然、杉右衛門が手練

のなら辻褄が合う。そもそも悪党どもの間に仁義はない」

季蔵は左門の掌にあった赤黒の染みを思い出していた。

なぜか、乳熊屋の隠居への伝言を頼まれた子どもが見たという、手の爪の間に赤と黒の滓を溜めた僧侶が、頭の菅笠を取る様子までも――。

珍しく無表情ではあったが、背の低いその僧侶の顔はおやすだった――。

――花見の時寄ってきたのは杉右衛門だけではなかった。あのおやすさんまで虎翁になろうとしている？　あの二人が悪党仲間なのだとしたら――

季蔵はあわててどこまでも丸いおやすの顔を頭から消した。

――踊りと唄とにゃん饅、相談事で皆を元気づけてくれる、あのおやすさんが悪党などであるはずもない――

そう信じたかったのである。

一方、季蔵の理路整然とした言い分に、

「なるほど」

渋々頷いた烏谷だったが、

「だが、充分な返しはある。食い詰めた手練れの浪人者など掃いて捨てるほどいる。杉右

衛門が別の浪人を雇い、左門が使っていた刀に似たものを持たせたのだ。悪党は悪党なりに知恵を働かせるものよ」

――たしかにその通りだ――

季蔵は黙る他なかった。

「それに杉右衛門はいずれこの四人の口封じをしなければならなかった。そちが滝野川村の名主から聞いた話を加味して考えると、おうね母子を拐かして、滝野川の廃屋に閉じ込めた上、斬り殺して市中に捨てさせたのは、身代金目当ての杉右衛門の仕業に間違いない。母子が骸で見つかってほどなく、杉右衛門らしき者が滝野川をうろついていたのも、おおかた、閉じ込めさせた廃屋に残っていた証を見つけて、始末するためだったのだろう。これればかりは、廃屋の持ち主に先を越されてしまい、名主からそちに手渡される流れとなって、今ここで動かぬ証となったが――。ふーむ、これがまるで、おうね母子の無念が通じたかのように、杉右衛門の不運を決めたのだな」

烏谷はじっと箸とでんでん太鼓を見つめて先を続けた。

「身代金を元手に商いで成功した杉右衛門は、自分の指示で拐かしと斬殺に関わった奴らが目障りでならなかったのだろう。いつそれをネタに強請られるかもしれぬゆえな。いや、強請が始まっていたからこそ、殺すしかないと決心したのだろう。奴らの黒幕が周防守だと知って、〝これは一挙両得だ、やり遂げるしかない〟と思い込んだはずだ」

「ならば今、杉右衛門は、すっかり思い通りになったと、さぞかし満足のことでしょう」

季蔵の言葉に、

「まあ、そんなところだろう。わしは今日の朝、周防守様宛に、瑠璃が急な病のため輿入れを辞退する旨を文にしたためて届けさせた。あの手の病に取り憑かれていては、周防守様はさぞかし、瑠璃への執着に囚《とら》われていることだろう。さて、そうなれば、どうなる?」

烏谷は大きな目をぎょろりと剝いた。

「もはや杉右衛門だけが、周防守様の手足でしょうから、すぐに呼び寄せて――」

この時、季蔵の脳裡に、お涼の家の二階に作られている、通りからはそれと分からない窓が浮かんだ。

――庭の隅にある銀杏《いちょう》の木は登りやすい――

「出てまいります、瑠璃のいるお涼さんのところへ行きます」

叫ぶように言い放った季蔵は塩梅屋の離れを後にした。

追いかけて外へ出た烏谷は、走り出て行く季蔵の後ろ姿を見守って、

「大丈夫、ちゃんと手は打ってある」

ふと独り言を洩らした。

十一

晩春とはいえ、ひやりと風が冷たく、空に薄雲の広がる夜であった。

だが全速力で走っている季蔵には少しも寒くはなかった。

――間にあってくれ――

気ばかり焦る。

やっとお涼の家の前まで来た。

そっと門戸を開けると、二階の窓が見える庭先へと目を転じた。

目を閉じて耳を澄ませると、銀杏の下に気配が感じられた。

季蔵とは一丈六尺（約五メートル）ほどの距離である。眉月とはいえ薄雲がかかっていなければ、とっくにこちらの姿を見られているはずだ――

――やれやれ薄雲が幸いした。

立ち尽くしたまま、さらに耳を凝らす。ぎしっぎしっと木の幹が擦れる音が続いている。

その音は規則正しく、野良育ちの敵が木登り上手であることがわかった。

――やはり、銀杏の木に登って、窓に飛び移ろうとしている――

季蔵は勝手口から中へと忍び足で入った。

相手よりも先に二階に辿《たど》り着き、瑠璃を守り抜かなければならなかった。

ただし上り慣れた階段はよく軋《きし》む。

――相手にこちらの気配を悟られたくない。そのためには休んでいるお涼さんを起こしてはならない――

季蔵は音を立てないよう段の端を進んだ。

上がりきった踊り場で、襖《ふすま》を僅《わず》かに開けると、ぐっすりと眠っている様子の瑠璃が見えた。

灯《あか》りが消されているせいで、白い端正な顔が薄雲から顔をのぞかせた月に照らされてぼんやりと浮き上がっている。

——よかった、間に合った——

季蔵が身構えていると、突然、窓障子が開く音がして、黒装束に身を包んだ杉右衛門が寝ている瑠璃の枕元に立った。

夜着を取り去って屈み込み、瑠璃を抱きかかえようとした。

この時、季蔵は、

「止めろ」

鋭く叫んで瑠璃の前に立ちはだかった。

「何だ、あんたか——」

杉右衛門は人とは思い難い酷薄なせせら笑いを余裕たっぷりに浮かべると、懐から短筒を出して季蔵に向けた。

「命は大事にした方がいいし、俺もことを大袈裟《おおげさ》にしたくない」

——わたしが今、ここで撃たれれば、音に気づいて駆け付けてくるお涼さんの命も奪われかねない——

「大人しいのはいいことだ」

季蔵を制した杉右衛門は瑠璃に向かって、

「起きて俺の背中に乗れ」

容赦なく命じると短筒を季蔵に向けたまま、再び屈み込んだ。

だが瑠璃は起き上がらなかった。

「ふふふふ」

どこからともなく含み笑いが聞こえてきた。

「誰かいるのか？」

杉右衛門がいきり立って立ち上がったその時、季蔵の背後に横たわっていた瑠璃が跳ねた。

かちゃんと杉右衛門の短筒が叩き落とされる音がした。

あわてて季蔵は音がした場所から短筒を拾い上げる。

「ふふふふ」

笑っているのは瑠璃だった。

季蔵は瑠璃の顔を間近に見た。

——これは——

何と瑠璃の顔はよく出来た面であった。

「ふふふふ」

笑い続けながら面が外されると、おやすの束ねた白髪が肩に掛かった。

「おまえは——」

たじろぐ杉右衛門に、

「赤穂《あこう》の塩をみまうぞ、仇討ちの塩だ、塩だ、塩だ、そーぅーれ、そーぅーれ」

おやすは両袖を器用に振って、溜めていた赤穂の塩を旋風のように叩きかけた。

「目、目が――」

杉右衛門はよろめきながら、へたり込むと、

「このままじゃ、お上に捕まるよぉ、捕まるよぉ――」

おやすは唄うように言い添える。

「に、逃げねば――」

杉右衛門は何とか窓まで来た。

「捕まるよぉ――捕まるよぉ」

おやすは杉右衛門を脅し続けている。

「捕まるもんか」

杉右衛門が銀杏の枝へと飛んだ。

しかし、その一瞬、

「うわーっ」

悲鳴に変わった。

焦って枝を摑み損ねた杉右衛門は、地上に落下し、手水鉢に頭を打ち付けて果てたのである。

「大事な瑠璃さんはお涼さんと一緒に階下で休んでますよ」

おやすが教えてくれて、階段を下りると、さっきの悲鳴を聞きつけて起きてきたお涼が、

「おやすさんが瑠璃さんの身代わりになることは聞いていました。その際、旦那様から、今宵は何があっても驚くなと言われています」

いつにも増してぴんと背筋を伸ばしつつ、気丈に唇を噛みしめた。

お涼と一緒に眠っていた瑠璃の様子を見に行くと、何も気づかずにすやすやと軽やかな寝息を立てていた。夜着の上には目を覚ましたばかりの虎吉《とらきち》の姿があった。

――やっぱり。よかった――

季蔵はこれほど安堵したことは、今までなかったように思えた。

二階に戻ってみると、すでにおやすの姿はなかった。

それから何日かしておやすからの文が季蔵に届いた。届けてきたのは松次であった。

それには以下のようにあった。


あなたがこの文を読む頃には、あたしはクロと一人と一匹、海の上だと思います。

矢崎左門の掌の染みと、菅笠を被って僧侶に化けたあたしの爪の間の赤黒が同じであることに、観察眼に長《た》けたあなたならきっと気づいておいででしょう。

四十七士の偉業にかこつけて、与五郎、作蔵、左門、勘助を手にかけたのはあたしで

す。杉右衛門のあのような死に様も、あたしが仕向けたと言われればその通りかもしれません。

とっくにお察しのことと思いますが、あたしは人殺しをも含むお助け屋なのです。世の中に殺していい人など一人もいないというのも真実であり、また、逆に悪党殺すべしというのも真実だとあたしは思っています。

あたしは後の方を気に入っているだけです。

茂兵衛さんとは杉右衛門の仲立ちで知り合ったのではなく、お内儀さんを拐かされて赤子ともども殺された後、生きて行く気力を失い、身投げしようとしたところをあたしが助けました。

お上がお裁きを下さない下手人に復讐《ふくしゅう》するという心の支えを持たなければ、あの人はまた死のう、後を追おうと思い続けたに違いありません。

茂兵衛さんの話によれば、飲めない酒を無理に呷っていた居酒屋で、滝野川という言葉が耳に入ってきたそうです。話をしているのはごろつきと商家の主風の男と浪人者でした。妙な取り合わせだと耳をそばだててみると、どうも殺されたお内儀さんと赤子の話と分かり、その男たちが店を出ると、そっと後を尾行《つけ》たそうです。主らしき男と浪人者が大津屋へ入るのを見届けると、ごろつきは長屋へ帰っていきました。長屋にはごろつきの情婦が待っていました。その情婦の着物は、拐かされた時、お内儀のおうねさんが着ていたものだと一目でわかり、茂兵衛さんは涙が止まらなかったと言っていました。

翌日、すぐに茂兵衛さんはお内儀さんと赤子の事件の下手人が分かった、捕まえてほしいと奉行所に訴え出たそうです。しかし、ふんふんと聞いているだけで、調べる素振りもなく、御用繁多と言って追い返したそうです。茂兵衛さんはすべてに絶望したのです。成敗には茂兵衛さんは手を出していません。茂兵衛さんは自分もこの手で恨みを晴らしたいとおっしゃって、匕首を買い求めましたが、天麩羅をとことん、人のように気遣って揚げる、優しい心根の天麩羅名人の茂兵衛さんには、人殺しをすることは無理です。ですから、茂兵衛さんから借り受けた匕首を、与五郎と作蔵に太刀を浴びせた後、遺ったのです。茂兵衛さんの悲しみを伝えたかったからです。だから二人には二種類の傷があったのです。

後の左門と勘助はあたし一人で殺《や》りました。調べていくうちに勘助も関わっていたことが分かったからです。作蔵の情婦は事件のことは何も知らず、作蔵が古着を買ってくれたとしか思っていませんでした。

訪ねてきたあなたに聞かれたかもしれない、〝安心なさいよ、万事、上手く行ってるんだから〟という茂兵衛さんへの物言いは、復讐の首尾のことでした。

とはいえ、あなたより先に滝野川へ出向いて、おうねさん母子が囚われていたと思われる廃屋の裏手で見つけた、象牙《ぞうげ》で出来た申《さる》の根付けについては話していません。

これと同じものが茂兵衛さんの財布に付いていたのを、あたしは見たことがあるからです。その時、茂兵衛さんは、〝料理屋で仲居をしていたおうねを見初めて女房にして、義理の弟が出来た。義弟も一回り違いの中年とわかり、義理とはいえ兄弟になった証として、知り合いのかざり職に揃いで拵えてもらったんだ〟と言っていました。

滝野川でこの根付けを見つけた時、あたしの杉右衛門への疑いは確固たるものになりました。

この事実を茂兵衛さんに話したら、どんなにか落胆することだろうと思い、どうしたものかと思い悩んでいたところ、あたしと同じように杉右衛門を怪しんで見張っていたお奉行様と鉢合わせました。

互いに腹の探り合いをしながら、あたしが杉右衛門の根付けを見せて、力を合わせることになったのは、あなたがお涼さんの家の二階で見た通りです。

とうとう真実を茂兵衛さんに打ち明けず仕舞いでしたが、杉右衛門は自業自得の最期を遂げたことですし、あたしはこれでよかったと思っています。

最後にあたしが話した、止められなかった身投げの男は先を約束していた相手でした。良縁に惹かれる両親との板挟みになっていたあたしの煮え切らなさのせいでした。

以来、あたしは両親や家を捨てて、こんな気儘で危ない渡世を続けています。

今となってはこれもなかなか面白いものなのですが、愛しい人と着実に月日を重ねていく幸せは永久《とわ》の憧れです。

どうか、瑠璃さんとお幸せに。

やす

塩梅屋季蔵様

ああ、それから、いただいた春牛蒡汁に足りないのは、豆腐こう（豆乳）だという気がするんですけど、間違っていたらごめんなさい。

「俺は何日か前に、町中でちょいとおやすとすれちがって、こいつを渡されただけなんだ。何も訊いちゃくれるなよ」

松次はやたら甘酒を呷り続けていて、

「おやすときたら、娘の頃から剣術《やっとう》の腕がたいしたもんでね、何でも、おっかなくて厳しいおやじさんに仕込まれたそうなんだが、右に出る男はここらへんの道場にも居なかったよ。向かうところ敵なし、敵なしでさ。ああ、でもこんな話はいけないな、季蔵さん、言いふらしたりなぞしないでくんなよ」

一度言葉を切ったものの、想いが溢れ出て、

「おやすの気性は竹を割ったようで、仮名手本忠臣蔵《かなでほんちゅうしんぐら》の芝居が大好きだった。俺も誘われて行ったことがある。器量はそこそこなんだが、あっちでもこっちでもおやすは噂になって、そうそう、旦那様にしたいってえ女まで出てきてたな。けど、もういい年齢になっちまったんだから、今度いつ、おやすに会えるかわかんねえ」

酔ったようにおやすについての話をして、しんみりと締め括《くく》った。

――もしかして、松次さんは一連の悪党成敗は、おやすさんが手を下したことだと直感していたのかもしれない。そして、おやすさんの今回の逃亡に一役買っているのかも――

「また会えますよ」

季蔵は優しい目を松次に向けた。

「どうして言い切れる？」

「どんなに難しいことでも、願っていれば叶うものだとおやすさんから教えられました」

「さすが、おやすだ」

松次は感じ入った後、

「あんたに言おう、言おうと思っていたことを今、思い出した。振る舞ってもらった春牛蒡汁、足りねえのは豆腐の乳じゃねえかな？」

おやすが文で言い添えたのと同じものの名を挙げた。

「きっと会えます。間違いなく親分とおやすさんにはご縁がおありです」

季蔵は言葉に力を込めた。

この夜、季蔵は離れの火鉢に火を熾しておやすの文を焼き捨てた後、

――とっつぁん、これが一番でしょう？――

長次郎の位牌に手を合わせた。

一連の悪党殺しと杉右衛門は結びつけられず、未解決のままとなり、杉右衛門は自宅の

屋根から落ちて死んだとされ、瓦版は気が早くて目立ちたがり屋の杉右衛門が、江戸一の七夕飾りを屋根のどこに上げたものかと、自ら屋根の上を偵察していて不運に見舞われたと書き立てた。

季蔵が滝野川村の名主から預かっていたおうねの簪と赤子のでんでん太鼓が、北町奉行所を介して茂兵衛に渡されると、事情を聞いた茂兵衛は、是非とも形見を見つけてくれた季蔵に礼がしたいと言いだした。

その言葉に甘えて季蔵は何日間か、塩梅屋の裏手に天麩羅〝茂兵衛〟の屋台を据えてほしいと頼んだ。

奇行が目立つようになった周防守は、大目付の勧めもあって、隠居所に塀が巡らせられることとなって幽閉され、賄賂の品々は全て北町奉行所が没収し、競売にかけられた。瑠璃に届けられた三枚の着物は上方の古着屋が特段の高値で競り落とした。

杉右衛門も死んだとなると、季蔵が工夫を凝らした春牛蒡膳は陽の目を見ず仕舞いになりかねない。

「さんざん苦労して考えたんだよ、それに春牛蒡の揺り身揚げなんかの揚げ物はすごーく美味しいし、何とか皆さんに食べて貰わなきゃ」

三吉は自分が滝野川まで、まだ残っているはずの春牛蒡をもとめに行くとまで言い出した。

そこで、春牛蒡膳が何日間か塩梅屋で振る舞われることとなった。

この間、茂兵衛は天麩羅の屋台を出してくれることになったのである。

「いよいよ揚げ物対決だね」

三吉は楽しみでならない様子であった。

その初日、塩梅屋には喜平《きへい》や辰吉《たつきち》、勝二《かつじ》や豪助《ごうすけ》、五平一家、蔵之進《くらのしん》とおき玖《く》夫婦等、花見の時の面々が入れ替わり立ち替わり訪れて、季蔵が三吉と夜鍋をして拵えた春牛蒡膳を賞味しつつ、裏庭に出て茂兵衛の天麩羅を味わうという贅沢さであった。

茂兵衛の揚げる天麩羅は鱚《きす》一種である。

「ええっ？　鱚だけ？」

目を丸くした三吉に、

「天麩羅の大道は魚だけと決まっているんだ」

季蔵はその耳元で囁いた。

八十吉にも聞こえていて、

「それに使う魚のうち、鱚なんかの繊細な味の魚は釣った後、他の魚と重ねたりしちゃいけないんだ。今日のはおやじと俺で明け方、釣り上げたばかりのぴちぴちの鱚なんだよ。開きにする時も、取り去る胆の味がさらっとした白身に移らないよう、一尾ごとに包丁を水で拭って使わなければならないんだ」

「天麩羅の極意ってそんなもん？――」

三吉が首をかしげると、

「はい、お待ち」

　茂兵衛は菜箸で鱚の天麩羅を鍋から持ち上げ、八十吉が差し出すように持っている油切りの紙の上に落としたところで、

「衣の加減だの、天麩羅鍋の熱さやたれの味だなどと、とかく、大仰なことが言われていますが、天麩羅の極意は力合わせなんですよ」

　三吉に笑顔を向けると、

「ですので、わたしも倅八十吉の助けがなければ、到底、皆様に美味い天麩羅は召し上がっていただけないんです。これから倅のためにも精進していきたいと思っています。どうか、よろしくお願いいたします」

　客たちに向けて深々と頭を下げた。

　その間も八十吉は甲斐甲斐しく、油の切れた食べ頃の鱚天を皿に盛りつけて客たちに渡している。

　そんな八十吉の表情は生き生きとしていて、以前のぎすぎすした不満そうな様子は微塵もなかった。

――何もかも本当によかった――

　裏庭を吹き渡る風に混じる天麩羅の香ばしい匂いに、じんと目頭が熱くなりかけると、

「本格的な天麩羅の鱚は最高だけど、あたしは三種の春牛蒡揚げの方も気になるわ。季蔵さん、早く食べさせて――」

おき玖がせがんで、

「わかりました」

店の勝手口に向かった季蔵は溢れ出た涙を隠すことができた。

〈参考文献〉

『季節の仕事』松田美智子著（地球丸）
『江戸おかず　12ヵ月のレシピ』車浮代著（講談社）
『江戸東京野菜　物語篇』大竹道茂著（農山漁村文化協会）
『お寺ごはん』青江覚峰著（ディスカヴァー・トゥエンティワン）

本書は、時代小説文庫（ハルキ文庫）の書き下ろし作品です。

時代小説文庫
わ 1-35

桜《さくら》おこわ 料理《りょうり》人《にん》季蔵《としぞう》捕《とり》物控《ものひかえ》

著者　和《わ》田《だ》はつ子《こ》
2016年4月18日第一刷発行

発行者　角川春樹

発行所　株式会社 角川春樹事務所
〒102-0074 東京都千代田区九段南2-1-30 イタリア文化会館

電話　03(3263)5247［編集］　03(3263)5881［営業］

印刷・製本　中央精版印刷株式会社

フォーマット・デザイン＆シンボルマーク　芦澤泰偉

ISBN978-4-7584-3996-1 C0193

http://www.kadokawaharuki.co.jp/［営業］
fanmail@kadokawaharuki.co.jp［編集］ ご意見・ご感想をお寄せください。

和田はつ子
雛の鮨　料理人季蔵捕物控
書き下ろし

日本橋にある料理屋「塩梅屋」の使用人・季蔵《とし ぞう》が、手に持つ刀を包丁に替えてから五年が過ぎた。料理人としての腕も上がってきたそんなある日、主人の長次郎が大川端に浮かんだ。奉行所は自殺ですまそうとするが、それに納得しない季蔵と長次郎の娘・おき玖は、下手人を上げる決意をするが……(「雛の鮨」)。主人の秘密が明らかにされる表題作他、江戸の四季を舞台に季蔵がさまざまな事件に立ち向かう全四篇。粋でいなせな捕物帖シリーズ、第一弾!

和田はつ子
悲桜餅《ひ ざくら もち》　料理人季蔵捕物控
書き下ろし

義理と人情が息づく日本橋・塩梅屋の二代目季蔵は、元武士だが、いまや料理の腕も上達し、季節ごとに、常連客たちの舌を楽しませている。が、そんな季蔵には大きな悩みがあった。命の恩人である先代の裏稼業〝隠れ者〟の仕事を正式に継ぐべきかどうか、だ。だがそんな折、季蔵の元許嫁・瑠璃が養生先で命を狙われる……。料理人季蔵が、様々な事件に立ち向かう、書き下ろしシリーズ第二弾!